Remigius Stölzle

Die Lehre vom Unendlichen bei Aristoteles

Antigonos

Remigius Stölzle

Die Lehre vom Unendlichen bei Aristoteles

Unveränderter Nachdruck der Originalausgabe von 1882.

1. Auflage 2024 | ISBN: 978-3-38652-752-1

Antigonos Verlag ist ein Imprint der Outlook Verlagsgesellschaft mbH.

Verlag: Outlook Verlag GmbH, Zeilweg 44, 60439 Frankfurt, Deutschland
Vertretungsberechtigt: E. Roepke, Zeilweg 44, 60439 Frankfurt, Deutschland
Druck: Libri Plureos GmbH, Friedensallee 273, 22763 Hamburg, Deutschland

Die
Lehre vom Unendlichen
bei Aristoteles

mit

Berücksichtigung früherer Lehren
über das Unendliche

dargestellt

von

Dr. Remigius Stölzle.

Teil einer gekrönten Preisschrift.

Augsburg.

Druck von Ph. J. Pfeiffer.

1882.

Meinem hochverehrten Lehrer

Dr. Martin Schanz,

o. ö. Professor der klassischen Philologie

Würzburg

in dankbarer Erinnerung gewidmet.

Ἔχει ἀπορίαν ἡ περὶ τοῦ ἀπείρου θεωρία.
Arist. Phys. 203 b 31.

Wer in letzter Zeit die Litteratur über den Begriff des Unendlichen verfolgt hat, dem kann es nicht entgangen sein, daß dieser Begriff mehr als je Gegenstand lebhafter Erörterungen geworden ist. Theologie und Philosophie, Mathematik und Naturwissenschaft haben sich in gleicher Weise daran beteiligt.

Während nun die Mathematiker sich mit einer exakten Definition beruhigen können, wie uns Günther[1] versichert, scheint in den übrigen Disziplinen noch kein sicheres, endgiltiges Resultat in den Fragen, welche sich auf das Unendliche beziehen, erzielt zu sein.

So ist es in der Theologie die Unendlichkeit Gottes, welche dem Verständnis Schwierigkeiten bereitet, Schwierigkeiten, die, glauben wir, noch unvermindert vorhanden sind, trotz der ebenso scharfsinnigen als gelehrten Untersuchung von Gutberlet[2]. Unter den Naturforschern[3] gehen die Ansichten bedeutend auseinander, wenn es sich um Endlichkeit oder Unendlichkeit des Raumes, Körpers, der Bewegung, der Schwere, kurz um das kosmologische Problem handelt. Die Philosophie endlich hat den Begriff des Unendlichen eine zeitlang ganz vernachläßigt, und erst in letzter Zeit ist das Interesse für denselben wieder rege geworden. Dieses nun zeigt sich nicht etwa in spekulativen Untersuchungen, sondern vielmehr in der Aufmerksamkeit, welche man der Geschichte dieses Begriffes zuwendet. In dieser Richtung haben wir eine Abhandlung über das Unendliche bei Leibniz[4] zu verzeichnen. Ferner gehört hieher eine Dissertation, welche den Unendlichkeitsbegriff bei Kant und Aristoteles[5] in einer allerdings für Letzteren wenig günstigen Weise vergleicht.

Eine eingehende Darstellung aber dieser Lehre bei A. ist zwar von dem eben Genannten[6] in der „Beweisführung für die Sätze der

---

[1] Viertel-Jahrsschrift für wissenschaftliche Philosophie, herausg. von Avenarius. I. Jahrgang: Der philosophische und mathematische Begriff des Unendlichen.

[2] Das Unendliche metaphysisch u. mathematisch betrachtet. Mainz, 1878.

[3] Viertel-Jahrsschrift für wissenschaftliche Philosophie, herausg. von Avenarius. I. Jahrg.: Das kosmologische Problem v. Wundt. S. 80—136.

[4] M. Penchon: De infinito apud Leibnitzium.

[5] Dr. J. Theodor: Der Unendlichkeitsbegriff bei Kant und A. Eine Vergleichung der Kant'schen Antinomien mit der Abhandlung des A. über das *ἄπειρον* (Phys. III, c. 4—8). Breslau, 1877. Wir kommen darauf am Schlusse der Abhandlung zurück und vermeiden im Laufe der Darstellung geflissentlich jede Beziehung auf die Schrift.

[6] a. a. O. S. 66.

Antinomien bei Kant und A." versprochen, aber bis jetzt noch nicht, so viel uns bekannt, gegeben worden. Daher mag es nicht unwillkommen sein, mit einer solchen Erörterung einen Beitrag zur Geschichte des Unendlichen zu liefern. Wenn wir aber den Forderungen der gestellten Aufgabe dadurch genügen wollen, daß wir zugleich „eine vergleichende Berücksichtigung früherer Lehren" damit verbinden, zeigt uns hiezu nicht A. selbst den Weg?

Wie er, so wollen auch wir der eigentlichen Untersuchung über das Unendliche eine übersichtliche Darstellung der diesbezüglichen Ansichten voraristotelischer Philosophen vorausschicken. Dabei werden wir Zeller¹), A., soweit er Nachrichten darüber hat, und bei Plato auch dessen Dialogen folgen.

Wenn wir aus den Worten²): „Alle Naturphilosophen legen dem Unendlichen immer irgend ein anderes Wesen aus den sogenannten Elementen unter, z. B. das Wasser, die Luft oder ein Mittelding zwischen beiden", den Schluß ziehen, Thales habe sich sein Prinzip unendlich gedacht, so wird das Zeller³) aus zwei Gründen nicht gelten lassen, einmal weil die Unendlichkeit des Urstoffs immer als eine Bestimmung betrachtet werde, welche Anaximander zuerst aufgestellt habe (das erzählt uns Simplicius⁴) zu de coelo III, 5. p. 303 b 10), dann weil der Scholiast die Stelle mißverstanden habe.

Von demselben aber erfahren wir zur ebengenannten Stelle der Physik (203 a 16), daß dem Thales⁵) sein Prinzip als der Größe nach unendlich galt. Nun den sonst so glaubwürdigen Kommentator eines Widerspruches zu bezichtigen, haben wir um so weniger Grund, als sich die Schwierigkeit ganz einfach löst. Es ist nämlich das „zuerst" nicht absolut, sondern mit Bezug auf den folgenden Absichtssatz zu fassen. Zuerst in der Absicht nahm Anaximander das Unendliche als Prinzip, damit ihm das Werden nicht ausgehe. Nehmen wir dazu, was Zeller I, 185 sagt: „Anaximander hat nach den einstimmigen Berichten jüngerer Schriftsteller seine Annahme vornehmlich daraus bewiesen, daß nur das Unendliche in den fortwährenden Erzeugungen sich nicht erschöpfe", so sind wir zu der Annahme berechtigt, der von Zeller erhobene Einwurf sei kein Hindernis für die Behauptung, daß auch Thales sein Prinzip unendlich genommen haben könne. Das Zeugnis

---

¹) Wir citieren durchweg Zeller, Geschichte der griech. Philosophie I. Bd. 4. Aufl.; II. Bd. 1. Abtlg. 3. Aufl.; II. Bd. 2. Abtlg. 3. Aufl. — Nicht ohne Nutzen lasen wir auch: Emminger, die vorsokratischen Philosophen nach den Berichten des A., gekrönte Preisschrift.

²) Phys. 203a 16—18: οἱ δὲ περὶ φύσεως ἀεὶ πάντες ὑποτιθέασιν ἑτέραν τινὰ φύσιν τῷ ἀπείρῳ τῶν λεγομένων στοιχείων οἷον ὕδωρ ἢ ἀέρα ἢ τὸ μεταξὺ τούτων.

³) I, 176. A. 1—3.

⁴) Scholia p. 514a 31—32: Ἀναξίμανδρος .... ἄπειρον δὲ πρώτως ὑπέθετο, ἵνα ἔχῃ χρῆσθαι πρὸς τὰς γενέσεις ἀφθόνως.

⁵) οἱ μὲν ἕν τι στοιχεῖον ὑποτιθέντες τοῦτο ἄπειρον ἔλεγον τῷ μεγέθει, ὥσπερ Θαλῆς μὲν ὕδωρ κτλ.

des Simplicius sucht Zeller damit zu entkräften, daß der Scholiast durch die vorliegende Stelle (203 a 16) dazu verführt worden sei, dem Thales das Unendliche zuzuschreiben, und — das ist der zweite Grund gegen unsere Annahme — das „Alle" werde durch den Zusammen=hang auf alle diejenigen Physiker beschränkt, welche überhaupt ein Unendliches kennen; A. sage nicht, alle Physiker setzen den Urstoff unendlich, sondern alle geben dem Unendlichen irgend ein Element zum Substrat. Nun muß, so schließen wir, doch auch Einer seinem Unendlichen das Wasser zu Grunde gelegt oder, was offenbar dasselbe ist, das Wasser als unendlich bezeichnet haben. Während nun die Luft auf Anaximenes geht, das Mittelding zwischen diesen (Wasser und Luft) entschieden auf Anaximander weist, wie Lütze[1] dargethan, soll das Wasser müßig und ohne Beziehung gesetzt sein? Es ist auf Thales zu deuten.

Warum Anaximander das Unendliche zum Urstoff machte, sahen wir eben. Aber wie muß man sich dasselbe denken? Wie geteilt darüber auch die Meinungen sind, so hat sich doch die Auffassung Zellers so ziemlich allgemeine Geltung verschafft. Nach ihm[2] ist der unendliche Stoff des Anaximander ohne qualitative Bestimmtheit, d. h. er hat seinem Unendlichen keine Bestimmtheit beigelegt, aber nicht ihm alle Bestimmtheit ausdrücklich abgesprochen, was schon ein vorgerückteres philosophisches Denken voraussetzen würde. Gegen diese Darstellung hat sich in jüngster Zeit Lütze[3] erhoben und in einer sehr streng kritischen Untersuchung das Resultat gewonnen: „Das Unendliche ist als ein reales, materielles Eins zu fassen, das in formaler Hinsicht als eine unendliche, einförmige Masse sich dem An. darstellte, und das er in materieller Hinsicht als eine Art Mittleres zwischen Wasser und Luft vorgestellt haben mag". Dieses Unendliche ist nach A. Bericht (Phys. 203 b 5—15), da es von ihm keinen Anfang gibt, welcher ja das Unendliche begrenzen würde, selbst Anfang aller Dinge; es ist ungeworden, denn geworden müßte es einen Anfang haben; es ist unvergänglich, denn vergänglich, würde es einmal zu Grunde gehen, wäre also im ersten, wie im zweiten Falle begrenzt.

Es ist erhaben, umfaßt und lenkt Alles, ist unsterblich und unzerstörbar, ist göttlich.

Die Himmelskörper als Götter betrachtend, nahm er unendlich viele Götter[4] an, wie er ferner auch wahrscheinlich an eine unendb=

---

[1] Ueber das $\mathring{\alpha}\pi\varepsilon\iota\varrho\sigma\nu$ des Anaximander. Ein Beitrag zur richtigen Auf=fassung desselben als materiellen Prinzipes. Leipzig. Eine Dissertation.

[2] I, 202.

[3] Dem Versuche dieses Gelehrten, dem A. eine bewußt tendenziöse Dar=stellung der Anaximandrischen Lehre aufzubürden, glauben wir die Worte Zellers (II, 2, 46.) entgegenhalten zu dürfen: Ueberhaupt wird Niemand beweisen können, daß des A. wissenschaftliche Polemik aus einer andern Quelle entspringe als aus dem Bestreben, seinen Gegenstand möglichst scharf zu behandeln und möglichst vollkommen zu erschöpfen.

[4] Zeller I, 209.

liche Reihe aufeinanderfolgender Welten glaubte [1]). Ob er die Ko-existenz unendlich vieler Welten lehrte, läßt sich nicht bestimmt nachweisen.

Trotz der Unendlichkeit des Urstoffes hielt er mit einer uns im Verlauf dieser Betrachtung noch öfter begegnenden Inkonsequenz an der Begrenztheit unseres Weltgebäudes fest [2]).

Der Milesier Anaximenes legte seinem Prinzip, der Luft, nach dem Zeugnisse des A. und aller jüngern Berichterstatter die Unendlichkeit bei [3]). Diese Luft befinde sich in einer ewigen [4]), d. i. der Zeit nach unendlichen Bewegung. Wie sein Vorgänger, scheint er der Ansicht, daß es unendlich viele nach einander existierende Welten gebe, gehuldigt zu haben. Auch ihm ist unsere Welt begrenzt [5]).

In beinahe voller Uebereinstimmung mit Anaximenes befindet sich Diogenes von Apollonia. Sein Prinzip, die Luft, ist unendlich, auch ewig, also unendlich der Zeit nach [6]). Sie befindet sich in beständiger Bewegung, und infolge derselben entstehen unendliche viele Arten von Unterschieden in Bezug auf Wärme und Kälte u. s. w. Außerdem finden wir bei ihm einen unendlichen Wechsel [7]) von Welt-bildung und Weltzerstörung, sowie die Ansicht, daß die Welt begrenzt sei.

Eine ziemlich bedeutende Rolle spielt ferner das Unendliche bei den Pythagoreern.

Alles ist Zahl [8]) und besteht aus Zahlen, welche nicht bloß Form, sondern auch Stoff der Dinge sind, nicht getrennt von den Dingen, sondern in denselben [9]) existieren, deren Wesen ausmachen. Zahlen sind entweder gerade oder ungerade. Gerade und Ungerade sind also allgemeine Bestandteile der Zahlen und auch der Dinge. Ferner sind auch das Begrenzte und Unbegrenzte Element der Dinge. Denn das Ungerade ist gleich dem Begrenzten, weil es der Zwei-teilung eine Grenze setzt, das Gerade [10]) aber ist unbegrenzt. Auf diese beiden Hauptgegensätze das Gerade (Unbegrenzte) und das Un-gerade (Begrenzte) wurden von ihnen die Gegensätze, welche alles Bestehende in sich enthält, zurückgeführt [11]). Zugleich im Anschluß an den Volksglauben [12]), welcher die ungerade Zahl für glückverheißend ansah, bezeichneten sie das Ungerade und Begrenzte als das Bessere,

---

[1]) Zeller I, 211.
[2]) Zeller I, 216.
[3]) Zeller I, 221.
[4]) Zeller I, 221 Anm. 4.
[5]) Zeller I, 230—31.
[6]) Zeller I, 240 u. 241.
[7]) Zeller I, 247.
[8]) Zeller I, 320—22 u. A. Metaph. 987 a. 14 ff.
[9]) Phys. 203 a 6: οὐ γὰρ χωριστὸν ποιοῦσι τὸν ἀριθμόν.
[10]) Phys. 203 a 10:   καὶ οἱ μὲν (sc. Πυθαγόρειοι) τὸ ἄπειρον εἶναι τὸ ἄρτιον.
[11]) Zeller I, 324.
[12]) Zeller I, 324; dazu Ethic. 1106 b 29: τὸ κακὸν τοῦ ἀπείρου, ὡς οἱ Πυθαγόρειοι εἴκαζον, τὸ δ'ἀγαθὸν τοῦ πεπερασμένου.

das Gerade und Unbegrenzte als das Schlimmere. Sie machten das Unendliche zum Wesen, für sich selbständig existierend, keinem Substanziellen als Accidens zukommend [1]). Fragen wir, ob wir uns denn dieses Unendliche etwa als körperlich, räumlich zu denken haben, so müssen wir dies unbedingt verneinen [2]), wenn wir nicht ihre Lehre falsch verstehen wollen. Indessen dürfen wir die offenbare Inkonsequenz nicht durch künstliche Deuteleien zu beseitigen suchen, wenn es Met. 1091 a 17—18 heißt: „Bei der Weltbildung wurde der nächste Teil von dem Unendlichen durch das erste Eins, das Centralfeuer angezogen und begrenzt", und Phys. 213 b 22—24: „Außerhalb des die Welt umschließenden Feuerkreises liegt das Unendliche [3]), aus welchem das Leere und die Zeit in die Welt eingeht". Denn hier ist das Unendliche als unendlicher Raum, unendliche Masse gefaßt. Den Glauben an einen Weltuntergang oder unendlich viele aufeinanderfolgende Welten kann man ihnen ebenso wenig zuschreiben, als den an die Ewigkeit der Welt in Aristotelischem Sinn, wie Zeller [4]) überzeugend nachgewiesen.

Unter den Eleaten, welche über das Unendliche etwas lehrten, eröffnet die Reihe:

Xenophanes mit dem Ausspruche, die Erde [5]) sei nach unten zu ins Unendliche gewurzelt, und die Luft sei nach oben unendlich; denn daß auch von letzterer das Unendliche gilt, geht aus dem Tadel des Empedokles [6]) hervor. Ungeworden und unvergänglich, ewig, d. h. unendlich der Zeit nach ist ihm der Stoff der Welt, nicht unser Weltgebäude. Nahm er doch unendlich viele Erdbildungen an [7]).

Von der Gottheit [8]) behauptete er, sie sei ewig und Eins und

---

[1]) Met. 987a 15—18: . . . ὅτι τὸ πεπερασμένον καὶ τὸ ἄπειρον καὶ τὸ ἓν οὐχ ἑτέρας τινὰς ᾠήθησαν εἶναι φύσεις, οἷον πῦρ ἢ γῆν ἤ τι τοιοῦτον ἕτερον ἀλλ' αὐτὸ τὸ ἄπειρον καὶ αὐτὸ τὸ ἓν οὐσίαν εἶναι τούτων ὧν κατηγοροῦνται und Phys. 203 a 4—5: οἱ μέν, ὥσπερ οἱ Πυθαγόρειοι καὶ Πλάτων, καθ' αὑτό, οὐχ ὡς συμβεβηκός τινι ἑτέρῳ ἀλλ' οὐσίαν ὂν τὸ ἄπειρον.

[2]) Zeller I, 352.

[3]) Zeller I, 404.

[4]) Zeller I, 381 ff.; ferner vgl. Zeller: Über die Lehre des Arist. von der Ewigkeit der Welt. Abhandlungen der phil.-hist. Klasse der kgl. Akademie der Wissenschaften. 1878. p. 97—98.

[5]) De coelo 294a 22—24: . . . . ἄπειρον τὸ κάτω τῆς γῆς εἶναί φασιν, ἐπ' ἄπειρον αὐτὴν ἐρριζῶσθαι λέγοντες, ὥσπερ Ξενοφάνης ὁ Κολοφώνιος, ἵνα μὴ πράγματ' ἔχωσι ζητοῦντες τὴν αἰτίαν.

[6]) De coel. 294a 24—28: διὸ καὶ Ἐμπεδοκλῆς οὕτως ἐπέπληξεν εἰπὼν ὡς

εἴπερ ἀπείρονα γῆς τε βάθη καὶ δαψιλὸς αἰθήρ,
ὡς διὰ πολλῶν δὴ γλώσσης ῥηθέντα ματαίως
ἐκκέχυται στομάτων, ὀλίγον τοῦ παντὸς ἰδόντων.

[7]) Zeller I, 498—9; und desselben: Die Lehre von der Ewigkeit der Welt. 99—100.

[8]) Einer dem A. zugeschriebenen Schrift „περὶ Ξενοφάνους" entnommen; ohne uns in den Streit über Echtheit oder Unechtheit derselben näher einzulassen, ziehen wir diese unser Thema berührende Stelle an, wobei wir dem

kugelförmig, verwahrte sich aber energisch dagegen, daß sie unendlich oder endlich vorgestellt werde, denn das Nichtseiende sei unendlich; dieses habe weder Mitte noch Anfang, noch Ende, noch sonst einen Teil. So beschaffen nun sei auch das Unendliche; wie aber das Nichtseiende sei, so könne nicht auch das Seiende sein.

Daß sie aber begrenzt, sei deshalb unmöglich, weil sie dann nicht mehr Eins sein könnte, da zum Begrenztsein Mehrere gehören.

Sie sei also weder unendlich, denn dann wäre sie dem Nicht=seienden gleich, noch endlich, da sie sonst Vielem gleich sein müßte. Auch könnte sie als endlich nicht mehr Eines sein.

Parmenides wird von A. belobt[1]), weil er das Ganze be=grenzt nannte. Das Seiende, sagte er, könne nicht unvollendet und mangelhaft, nicht unendlich sein, also müsse es begrenzt sein[2]).

Der bedeutendste Schüler des eben Erwähnten ist Zeno[3]), dessen Argumente in fast unveränderter Gestalt der moderne Skeptizismus wiederum ins Feld geführt hat. Zeno zeigte seine Meisterschaft in der Dialektik, als er den Begriff des Unendlichen benützte, um die Vielheit und die Bewegung des Seienden zu leugnen.

Das Seiende kann nicht Vieles sein, weil es dann zugleich un=endlich klein und unendlich groß sein müßte; denn alles Viele besteht aus Einheiten. Der Begriff der Einheit aber schließt den der Un=teilbarkeit in sich, so daß entweder jeder Teil des Vielen eine solche unteilbare Einheit ist oder aus solchen besteht. Die einzelnen Teile nun des Vielen werden, weil unteilbar, keine Größe haben. Es wird also die Hinzufügung oder Wegnahme eines solchen unteilbaren, größenlosen Teiles weder Vergrößerung noch Verkleinerung bewirken, wird also nichts sein. Da nun die Teile des Vielen so klein sind, daß sie nichts sind, ist das Viele unendlich klein.

Dieselben Teile aber müßten auch unendlich groß sein, weil das Viele, um zu sein, Größe haben muß, denn was keine Größe hat, ist nicht. Zwischen den Teilen aber der Größe, welche von einander entfernt sein müssen, liegen andere Teile, welche ebenfalls Größe haben; und zwischen diesen liegen wieder andere, und so geht es bei dieser Zweiteilung[4]) ins Unendliche fort, so daß man auf unendlich viele Größen oder eine unendliche Größe käme.

Daß ferner das Viele der Zahl nach sowohl begrenzt als un=begrenzt sein müßte, schließt Zeno auf dieselbe Weise, wie vorhin, indem er ausführt, daß zwei Dinge nur dann zwei seien, wenn sie

---

Text nach der Interpunktion von Boniß folgen. Vgl. Verhandlg. der Wiener Akademie, hist.=phil. Klasse. 1862. Bd. 39 S. 261—2.

[1]) Phys. 207a 15—17: διὸ βέλτιον οἰητέον Παρμενίδην Μελίσσου εἰρηκέναι· ὁ μὲν γὰρ ἄπειρον τὸ ὅλον (nach Boniß' evidenter Emen=dation) φησίν, ὁ δὲ τὸ ὅλον πεπεράνθαι μεσσόθεν ἰσοπαλές: cf. dazu Met. 986b 18—21, wo dasselbe berichtet wird.

[2]) Zeller I, 514 Anm. 3.

[3]) Zeller I, 540—46.

[4]) διχοτομία der technische Ausdruck dafür.

von einander getrennt seien; es müsse also etwas Trennendes vorhanden sein, und zwischen dem Trennenden und jedem von den Zweien
wieder etwas Trennendes und so ins Unendliche.

Schließlich[1] sei es notwendig, daß, wenn alles Seiende im
Raum ist, der Raum selbst wieder in einem Raum sein müsse und
so ins Unendliche. Diesen Beweisen zufolge also kann das Seiende
nicht Vieles sein.

Ebenso stützt er zwei seiner vier Beweise gegen die Bewegung
darauf, daß die Annahme einer Bewegung zum Unendlichen führe.

Es gibt keine Bewegung; denn bevor man zum Ziele kommt,
muß man die Mitte erreichen und bevor diese, die Mitte dieser Mitte
und so ins Unendliche[2], also muß jeder Körper unendlich viele
Räume durchlaufen, was unmöglich, weil man das Unendliche in
keiner Zeit durchlaufen kann.

Nur unter anderer Form erscheint derselbe Gedanke, wenn es
Phys. 263 a 7—10 heißt: Man müsse bei der Bewegung immer die
entstehenden Hälften zählen, und so habe man nach Vollendung der
Bewegung das Unmögliche vollbracht, nämlich eine unendliche Zahl
gezählt.

Bekannt ist der sogenannte Achilleus[3], daß Achilles eine
Schildkröte nicht einholen könne, wenn sie einen Vorsprung habe;
denn er müsse zuerst an den Punkt gelangen, welchen die Schildkröte
verließ. Unterdessen aber habe diese wieder Vorsprung gewonnen und
so ins Unendliche. Wie man sieht, derselbe Gedanke, wie vorher,
nur etwas pikant eingekleidet.

Diese Beweise, welche soviel Aufsehen machten, welche zu widerlegen Zahlreiche sich Mühe gaben[4], ohne den wunden Fleck derselben
zu zeigen, entkräftete A., wie wir später sehen werden, ganz einfach
und bündig.

Der weniger scharfsinnige Schüler des Parmenides Melissus[5]
hielt an der Lehre seines Meisters fest, nur daß er abweichend von
ihm die Unendlichkeit des Seienden behauptete, indem er die Ewigkeit desselben als bewiesen voraussetzte und freilich falsch[6] folgernd
schloß: Da das Seiende, weil ungeworden und unvergänglich, weder
Anfang noch Ende hat, so ist es unendlich. Er zog also aus der
zeitlichen Unendlichkeit den Schluß, das Seiende sei auch dem Raume
nach unendlich. Denn so faßte Melissus[7] das Unendliche, wenn

---

[1]) Phys. 209 a 24—25: *εἰ γὰρ πᾶν τὸ ὂν ἐν τόπῳ, δῆλον ὅτι καὶ τοῦ
τόπου τόπος ἔσται, καὶ τοῦτο εἰς ἄπειρον πρόεισιν.*

[2]) Phys. 239 b 10—14.

[3]) Ibid 239b 14—28.

[4]) Bezeichnet sie doch A. selbst als schwierig zu lösen. Topic. 160 b 7—10.

[5]) Zeller I, 554.

[6]) cf. de sophist. elench. p. 167 b 12—20.

[7]) Met. 986 b 18—21: *Παρμενίδης μὲν γὰρ ἔοικε τοῦ κατὰ τὸν λόγον
ἑνὸς ἅπτεσθαι, Μέλισσος δὲ τοῦ κατὰ τὴν ὕλην· διὸ καὶ ὁ μὲν
πεπερασμένον, ὁ δ' ἄπειρόν φησιν εἶναι αὐτό* und Frg. 8: *ἀλλ'
ὥσπερ ἐστὶν ἀεί, οὕτω καὶ τὸ μέγαθος ἄπειρον ἀεὶ χρὴ εἶναι.*

er es auch sich selbst widersprechend in Abrede zu stellen versucht [1]). Oft wird er von A. wegen seiner einfältigen Ansichten getadelt, so auch deshalb, weil er das Ganze unendlich [2]) nannte.

Bei Heraclit finden wir neu eine unendliche Veränderung [3]). Alles ist in unabläſſiger Veränderung begriffen, nie steht der Strom der Erzeugung und des Unterganges stille, aus dem Lebenden wird Totes, aus diesem Lebendes, aus dem Jungen Altes und umgekehrt [4]). Die Welt ist ihm ewig dem Stoffe nach, also keine Ewigkeit der Welt in A. Sinn [5]). Alles wird vielmehr einmal Feuer [6]), und aus dieser Weltverbrennung geht eine neue Welt hervor und so ins Unendliche fort und fort [7]). Das Weltgebäude ist ihm begrenzt [8]).

Empedocles, welchen A. öfter rühmend [9]) nennt, hat zuerst begrenzt viele Elemente, nämlich die bekannten 4 als Prinzipien angenommen. Daß seine Elemente auch räumlich begrenzt zu faſſen sind, möchte aus dem Tadel erhellen, mit welchem unser Philosoph den Xenophanes bedenkt. Wie Heraclit, nahm auch er unendlich viele Welten nach einander an.

Mit Leucippus und Democritus gehen wir zu den Atomikern über, in deren System dem Unendlichen eine große Bedeutung zukommt.

Das Seiende ist nicht blos Eines, lehrten sie von der thatsächlichen Erscheinung ausgehend, sondern es besteht aus unendlich vielen und wegen ihrer Kleinheit unsichtbaren Körperchen [10]). Diese sind unteilbar und heißen Atome. Es gibt also keine Teilung ins Unendliche. Dieser Atome sind es unendlich viele [11]), wie auch der Unterschiede ihrer Formen. Sie bewegen sich im unendlichen Leeren [12]), in einer unendlichen [13]) Bewegung, von der sich keine Ursache angeben läßt; denn das Unendliche könne nicht, wie sie freilich in diesem Falle richtig bemerkten, von etwas anderem abgeleitet werden [14]).

---

[1]) Frg. 16: εἰ μὲν ἐόν ἐστι, δεῖ αὐτὸ ἓν εἶναι· ἓν δὲ ἐὸν δεῖ αὐτὸ σῶμα μὴ ἔχειν· εἰ δὲ ἔχοι πάχος, ἔχοι ἂν μόρια καὶ οὐκέτι ἂν εἴη ἕν.

[2]) Phys. 207a 15—17; man vgl. auch Phys. 185a 32 ff. b 1—5.

[3]) Phys. 253b 9 ff. 254a 1—3; ibid. 265a 2—7.

[4]) Zeller I, 582.

[5]) Was richtig Zeller: Über die Lehre v. d. Ewigkeit ꝛc. S. 98 bemerkt.

[6]) z. B. Phys. 205a 3—4.

[7]) De coelo 279b 14—17.

[8]) Zeller I, 626 u. 637.

[9]) So Phys. 188a 17; 189a 15; de coelo 302b 20 ff.

[10]) Unter den vielen Stellen, an welchen A. dies berichtet, f. man Phys. 203a 20; de gener. et corr. 314a 21 ff. u. de generat. et corr. 325a 31.

[11]) De generat. et corr. 314a 21.

[12]) De coelo 300b 8—11.

[13]) Phys. 250b 18—20.

[14]) Phys. 252a 32—35; de gener. anim. 742b 20—25: ... ὥσπερ Δημόκριτος ὁ Ἀβδηρίτης, ὅτι τοῦ μὲν ἀεὶ καὶ ἀπείρου οὐκ ἔστιν ἀρχή, τὸ δὲ διὰ τί ἀρχή, τὸ δ' ἀεὶ ἄπειρον, ὥστε τὸ ἐρωτᾶν τὸ διὰ τί περὶ τῶν τοιούτων τινός τὸ ζητεῖν εἶναί φησι τοῦ ἀπείρου ἀρχήν etc.

Infolge dieser Bewegung entstehen unendlich viele Welten neben einander [1]) im unendlichen Raume.

Wie die Vorigen, nahm auch Anaxagoras der Zahl nach unendliche, gleichteilige Urstoffe als Prinzipien [2]) an, nur mit dem Unterschiede, daß sie ihm dem Wesen nach von einander verschieden sind, während die Atomiker alle als wesensgleich betrachten. Seine Urstoffe sind nicht unteilbar [3]), sondern ins Unendliche teilbar. Die Bewegung [4]) ist nicht ewig, sondern hat wie die Welt, nachdem der Stoff zuvor unendliche Zeit ruhte, einen Anfang. Jenseits der Welt, die begrenzt ist, liegt der unendliche Stoff [5]), welcher in sich selbst ruht [6]), weil er außer sich keinen Raum hat, wo er sich bewegen könnte.

Wenn wir, wie oben bei den Pythagoreern und Atomikern, so auch bei Anaxagoras von den Schülern derselben nicht sprechen, so geschieht es deshalb, weil dieselben, was das Unendliche betrifft, nichts von der Lehre ihrer Meister Abweichendes aufstellten.

Auch die Sophisten, um diese nicht zu übergehen, ließen das Unendliche nicht ganz außer acht.

So nahm Protagoras mit Heraklit beständige Bewegung an, aber nicht blos Eine Art, sondern unendlich viele Bewegungen, welche, je nachdem sie Wirken oder Leiden haben, unterschieden werden [7]).

Der bekannte Gorgias, welcher alles Sein, überhaupt sophistisch wegdisputierte, wollte mit Hilfe des Unendlichen der Welt weismachen, daß es kein Seiendes geben könne, da es, um von andern Gründen abzusehen, entweder geworden oder ungeworden sein müßte. Letztere Annahme führe zum Unendlichen und somit zum Unmöglichen. Seine Beweisführung, welche in einer dem A. zugeschriebenen Schrift sich findet [8]), lautet also: „Ist etwas ungeworden, so muß es, wie schon Melissus aufstellte, unendlich sein. Das Unendliche aber ist nicht an irgend einem Orte, da es weder in sich selbst, noch in einem andern sich befindet; denn wäre es irgendwo, so gäbe es zwei Unendliche [9]), eines, das sich irgendwo [10]) befindet, und ein anderes, worin es ist. Wenn es aber nirgends ist, kann es überhaupt nicht existieren. Augenscheinlich derselbe Fehler, wie bei Melissus!

---

[1]) Zeller I, 797.

[2]) Phys. 184 b 20—22; ibid. 203 a 20 und dazu Bonitz a. a. O. 1866, Bd. 52 S. 380—88. De coelo 302 b 12 ff.

[3]) Zeller I, 884.

[4]) Phys. 252 a 14—16 u. Zeller I, 899.

[5]) Zeller I, 990.

[6]) Phys. 205 b 1—24.

[7]) Zeller I, 978.

[8]) Περὶ Γοργίου 979 b 20—26.

[9]) Bonitz a. a. O. 1862. Bd. 39 S. 265 schreibt vollständig überzeugend statt des überlieferten: δύο γὰρ ἂν οὕτως ἢ πλείω εἶναι so: δύο γὰρ ἂν οὕτως ἀπείρω εἶναι.

[10]) Ebenso ändert er mit Recht das ποτέ in πού und liest: τὸ δ' ἄπειρον οὐκ ἂν εἶναί που.

Wir nähern uns nun mit unserer Geschichte des Unendlichen dem Ende, wenn wir in diesem Punkte noch die Ansicht des hervorragendsten Denkers und Dichters nämlich Platos gewürdigt haben.

Freilich wird der Verehrer und Kenner Platos hier Vieles besser und vollständiger wünschen. Aber, wir denken, neben der Schwierigkeit, mit welcher unleugbar eine Darstellung des Unendlichen bei Plato zu kämpfen hat, mag die Erwägung, daß dieser Begriff in der Lehre des Philosophen einer eigenen Untersuchung nicht blos wert, sondern auch bedürftig ist, eine Entschuldigung der unserer Auseinandersetzung anhaftenden Mängel bilden.

Indem wir der Einteilung der Platonischen Philosophie in Dialektik, Physik und Ethik uns anschließen, behandeln wir zuerst den Begriff des Unendlichen, wie er in der Dialektik erscheint.

Begriffserklärung und Begriffsbegrenzung erscheint als Zweck des dialektischen Verfahrens bei Plato.

Diese aber wird durch die Einteilung erreicht, welche sich nicht damit begnügen darf, die Vielheit unter Eine Gattung gebracht zu haben und nun gleich eine unendliche Vielheit von Individuen beginnen läßt [1]), sondern die Gattungen wieder in ihre Arten [2]) zerlegend durch Mittelglieder herabsteigt, bis sie zu einem Unteilbaren gekommen ist [3]). Von diesem an erst beginnt die unbegrenzte Vielheit. Und insofern die allgemeinen Gattungen und Arten nichts

---

[1]) Phileb. 16 D: τὴν δὲ τοῦ ἀπείρου ἰδέαν πρὸς τὸ πλῆθος μὴ προσφέρειν, πρὶν ἄν τις τὸν ἀριθμὸν αὐτοῦ πάντα κατίδη τὸν μεταξὺ τοῦ ἀπείρου τε καὶ τοῦ ἑνός, τότε δ' ἤδη τὸ ἓν ἕκαστον τῶν πάντων εἰς τὸ ἄπειρον μεθέντα χαίρειν ἐᾶν . . ibid. 16 E: οἱ δὲ νῦν τῶν ἀνθρώπων σοφοὶ ἓν μέν, ὅπως ἂν τύχωσι, τὰ πολλὰ θᾶττον καὶ βραδύτερον ποιοῦσι τοῦ δέοντος, μετὰ δὲ τὸ ἓν ἄπειρα εὐθύς· τὰ δὲ μέσα αὐτοὺς ἐκφεύγει . . . . ibid. 18 A: ὥσπερ γὰρ ἓν ὁτιοῦν εἴ τίς ποτε λάβοι, τοῦτον, ὥς φαμεν, οὐκ ἐπ' ἀπείρου φύσιν δεῖ βλέπειν εὐθύς.

[2]) Phileb. 17 B: καὶ οὐδὲν ἑτέρῳ γε τούτων ἐσμέν πω σοφοί, οὐδ' ὅτι τὸ ἄπειρον αὐτῆς (sc. φωνῆς) ἴσμεν οὐδ' ὅτι τὸ ἕν· ἀλλ' ὅτι πόσα τέ ἐστι καὶ ὁποῖα, τοῦτ' ἔστι τὸ γραμματικὸν ἕκαστον ποιοῦν ἡμῶν ... E: τὸ δ' ἄπειρόν σε ἑκάστων καὶ ἐν ἑκάστοις πλῆθος ἄπειρον ἑκάστοτε ποιεῖ τοῦ φρονεῖν καὶ οὐκ ἐλλόγιμον οὐδ' ἐνάριθμον, ἅτ' οὐκ εἰς ἀριθμὸν οὐδένα ἐν οὐδενὶ πώποτε ἀπιδόντα. Man erinnere sich dieses Gedankens, daß die unendliche Menge uns der Erkenntnis beraubt, später, wenn man bei A. zu verschiedenen Malen liest: τὸ ἄπειρον ἢ ἄπειρον ἄγνωστον oder ἄπειρα νοοῦντα διελθεῖν οὐκ ἐνδέχεται und ähnliches. — Ibid. 19 A: . . . . . πῶς ἔστιν ἓν καὶ πολλὰ αὐτῶν ἑκάτερον, καὶ πῶς μὴ ἄπειρα εὐθύς, ἀλλά τινά ποτε ἀριθμὸν ἑκάτερον ἔμπροσθεν κέκτηται τοῦ ἄπειρα αὐτῶν ἕκαστα γεγονέναι.

[3]) Phaedr. 277 B: πρὶν ἄν τις τό τε ἀληθὲς ἑκάστων εἰδῇ περὶ ὧν λέγει ἢ γράφει, κατ' αὐτό τε πᾶν ὁρίζεσθαι δυνατὸς γένηται, ὁρισάμενός τε πάλιν κατ' εἴδη μέχρι τοῦ ἀτμήτου τέμνειν. Man vergleiche später die ἄτομα, ἀδιάφορα des A. ibid. 265 D: εἰς μίαν δὲ ἰδέαν συνορῶντα ἄγειν τὰ πολλαχῇ διεσπασμένα ἵν' ἕκαστον ὁριζόμενος δῆλον ποιῇ περὶ οὗ ἂν ἀεὶ διδάσκειν ἐθέλῃ . . . . . . E: τὸ πάλιν κατ' εἴδη δύνασθαι τέμνειν κατ' ἄρθρα (was Plato so sehr betont!) ᾗ πέφυκε, καὶ μὴ ἐπιχειρεῖν καταγνύναι μέρος μηδέν, κακοῦ μαγείρου τρόπῳ χρώμενον.

anderes als Ideen sind, können wir auch von der Ideenwelt sagen, daß sie eine Grenze habe, sich nicht ins Unendliche fortschiebe [1]).

Ist es also Aufgabe des Erkennens, alles [2]) Gespaltene und auseinander Liegende zusammen zu führen und unter Einen Begriff zu bringen, so wird dieses auch das Sehr und Allmählich [3]), das Trockener und Feuchter, Größer und Kleiner, Langsamer und Schneller, Mehr und Minder, Wärmer und Kälter und Ähnliches treffen. All [4]) das aber muß unter die Gattung des Unendlichen gebracht werden. Diese vielen Arten [5]) des Unendlichen aber erscheinen wiederum mit dem Stempel der Gattung des Mehr und Minder ausgeprägt, als Eins. Wo [6]) aber das Mehr und Minder ist, findet kein Ende, kein Abschluß statt. Das Wärmer [7]) und Kälter, um ein Beispiel Platos zu gebrauchen, in welchem das Mehr und Minder ist, schreitet immer fort und bleibt nicht. Das quantitativ [8]) Bestimmte hingegen macht Halt. Daraus ist auch leicht zu erkennen, daß das Mehr und Minder, weil unvollkommen [9]), unendlich ist. Diese Schilderung des Unendlichen entspricht ganz genau dem Begriff der Platonischen Materie, welche als das Große und Kleine erscheint. Diese zwei Seiten nämlich, welche A. [10]) immer in der Weise erwähnt, daß er sagt, Plato habe zwei Unendliche angenommen, hob unser Philosoph an seinem Unendlichen hervor, um [11]) nicht blos ein der Teilung nach Unendliches zu haben, sondern damit auch die Vermehrung ins Unendliche fortschreite. Und so bezeichnet denn das Unendliche „das

---

[1]) Zeller II, 1, 587 Anm. 1.

[2]) Phileb. 25 A: .. . . ὅσα διέσπασται καὶ διέσχισται συναγαγόντας χρῆναι κατὰ δύναμιν μίαν ἐπισημαίνεσθαί τινα φύσιν . . .

[3]) Phileb. 24 C: . . . . καὶ τὸ σφόδρα . . . καὶ τόγε ἠρέμα τὴν αὐτὴν δύναμιν ἔχετον τῷ μᾶλλόν τε καὶ ἧττον. ibid. 25 C: πρόσθες δὴ ξηρότερον καὶ ὑγρότερον αὐτοῖς καὶ πλέον καὶ ἔλαττον καὶ θᾶττον καὶ βραδύτερον καὶ μεῖζον καὶ σμικρότερον . . . .

[4]) Phileb. 25 A: εἰς τὸ τοῦ ἀπείρου γένος ὡς εἰς ἓν δεῖ πάντα ταῦτα τιθέναι . . .

[5]) Phileb. 26 D: . . . καί τοι πολλά γε καὶ τὸ ἄπειρον παρέσχετο γένη, ὅμως δ' ἐπισφραγισθέντα τῷ τοῦ μᾶλλον καὶ ἐναντίου γένει ἓν ἐφάνη.

[6]) Phileb. 24 B: ἀεὶ δέ γε . . ἔν τε τῷ θερμοτέρῳ καὶ ψυχροτέρῳ τὸ μᾶλλόν τε καὶ ἧττον ἔνι . . ἀεὶ τοίνυν ὁ λόγος σημαίνει τούτω μὴ τέλος ἔχειν . . .

[7]) ibid. 24 D: . . . προχωρεῖ γὰρ καὶ οὐ μένει τό τε θερμότερον ἀεὶ καὶ τὸ ψυχρότερον ὡσαύτως; daneben halte man A. Phys. 207 b 14: . . . οὐδὲ μένει ἡ ἀπειρία, ἀλλὰ γίγνεται.

[8]) ibid. 24 D: τὸ δὲ ποσὸν ἔστη καὶ προϊὸν ἐπαύσατο.

[9]) ibid. 24 B: . . . ἀτελῆ δ' ὄντε δήπου παντάπασιν ἀπείρω γίγνεσθον. Auch diesen Satz behalte man für spätere Aussprüche wie τὸ ἄπειρον ἀτελές u. s. w. im Gedächtnisse.

[10]) Phys. 203 a 15: Πλάτων δὲ δύο τὰ ἄπειρα τὸ μέγα καὶ τὸ μικρόν; ibid. 206 b 27: ἐπεὶ καὶ Πλάτων διὰ τοῦτο δύο τὰ ἄπειρα ἐποίησεν . . .

[11]) ibid. 206 b 28—29: . . . . ὅτι καὶ ἐπὶ τὴν αὔξην δοκεῖ ὑπερβάλλειν καὶ εἰς ἄπειρον ἰέναι καὶ ἐπὶ τὴν καθαίρεσιν.

der Vermehrung und Verminderung ins Unbestimmte Fähige" [1]).
Allerdings macht A. [2]) dem Plato hier den Vorwurf, daß er seine
zwei Unendlichen nicht brauchen könne, da der Teilung die unteilbare
Eins eine Grenze setze, und die Vermehrung blos bis zur Zehn gehe.
Man erinnere sich, daß in der spätern Gestaltung der Platonischen
Lehre die Ideen als Zahlen erscheinen, welche Plato, wie A. öfter
berichtet, nur bis zur Zehn konstruiert habe, und beachte ferner, daß
nach A. Darstellung das Unendliche [3]) auch Element in den Ideen
ist. Freilich ist der letzte Tadel unbegründet, da das Unendliche
durch das Eins gebunden kein Unendliches mehr ist [4]).

Welche Vorstellung müssen wir uns von diesem Unendlichen des
Plato machen? Haben wir es etwa als körperlich zu fassen im
Sinne der alten Naturphilosophen? Oder ist es wesentliche Eigenschaft
eines Substrates, oder was ist es denn? Plato erklärt es nach dem
Berichte des A. [5]) als etwas selbst Seiendes, eine für sich bestehende
Substanz. Körper ist dieses Unendliche nicht. Wie bezeichnet es
doch A. Met. 988 a 25? Nicht als eine $\ddot{v}\lambda\eta$ $\dot{a}\sigma\dot{\omega}\mu\alpha\tau o\varsigma$ [6])? Daß das
Große und Kleine des Plato so zu verstehen, zeigt auch der Gegen=
satz zwischen der Aristotelischen und Platonischen Materie,
welcher darin gefunden wird, daß bei Plato das Nichtsein das
Wesen der Materie ausmacht, während bei A. dies nur als eine
Eigenschaft erscheint.

Die Welt ist für Plato dem Raume nach begrenzt; denn [7])
außerhalb des Himmelsgebäudes sei nichts. Auch der Zeit [8]) nach
ist sie endlich; denn sie hat wie die Zeit einmal angefangen. Wenn
Plato die Körper aus Flächen zusammengesetzt sein läßt, so leugnet
er damit die unendliche Teilbarkeit der Körper.

So erscheint nach unserer freilich knappen Darstellung das Un=
endliche in der Logik und Physik. Es erübrigt uns nur noch, diesen
Begriff auch in der Ethik zu behandeln. Und es kann nicht auf=
fallen, daß wir auch auf diesem Gebiete es mit ihm zu thun haben, wenn

---

[1]) Zeller: Platonische Studien S. 219.

[2]) ibid. 206 b 30—33: $\pi o\iota\dot{\eta}\sigma\alpha\varsigma$ $\mu\dot{\epsilon}\nu\tau o\iota$ $\delta\acute{v}o$ $o\dot{v}$ $\chi\varrho\tilde{\eta}\tau\alpha\iota\cdot$ $o\ddot{v}\tau\epsilon$ $\gamma\dot{\alpha}\varrho$ $\dot{\epsilon}\nu$ $\tau o\tilde{\iota}\varsigma$ $\dot{\alpha}\varrho\iota\vartheta\mu o\tilde{\iota}\varsigma$ $\tau\dot{o}$ $\dot{\epsilon}\pi\dot{\iota}$ $\tau\dot{\eta}\nu$ $\kappa\alpha\vartheta\alpha\acute{\iota}\varrho\epsilon\sigma\iota\nu$ $\ddot{\alpha}\pi\epsilon\iota\varrho o\nu$ $\dot{v}\pi\dot{\alpha}\varrho\chi\epsilon\iota$, $\dot{\eta}$ $\gamma\dot{\alpha}\varrho$ $\mu o\nu\dot{\alpha}\varsigma$ $\dot{\epsilon}\lambda\dot{\alpha}\chi\iota\sigma\tau o\nu$, $o\ddot{v}\tau\epsilon$ $\dot{\epsilon}\pi\dot{\iota}$ $\tau\dot{\eta}\nu$ $\alpha\ddot{v}\xi\eta\nu\cdot$ $\mu\dot{\epsilon}\chi\varrho\iota$ $\gamma\dot{\alpha}\varrho$ $\delta\epsilon\kappa\dot{\alpha}\delta o\varsigma$ $\pi o\iota\epsilon\tilde{\iota}$ $\tau\dot{o}\nu$ $\dot{\alpha}\varrho\iota\vartheta\mu\acute{o}\nu$.

[3]) Phys. 203 a 9—10: $\tau\dot{o}$ $\mu\dot{\epsilon}\nu\tau o\iota$ $\ddot{\alpha}\pi\epsilon\iota\varrho o\nu$ $\kappa\alpha\dot{\iota}$ $\dot{\epsilon}\nu$ $\tau o\tilde{\iota}\varsigma$ $\alpha\dot{\iota}\sigma\vartheta\eta\tau o\tilde{\iota}\varsigma$ $\kappa\alpha\dot{\iota}$ $\dot{\epsilon}\nu$ $\dot{\epsilon}\kappa\epsilon\acute{\iota}\nu\alpha\iota\varsigma$ (sc. $\iota\delta\acute{\epsilon}\alpha\iota\varsigma$) $\epsilon\tilde{\iota}\nu\alpha\iota$. Ueber die Bedenken, welche einer solchen
Annahme für Plato folgen vgl. Zeller: Platonische Studien S. 291 ff.

[4]) Zeller: Platonische Studien S. 242.

[5]) Phys. 203 a 3—5: . $\pi\dot{\alpha}\nu\tau\epsilon\varsigma$ $\dot{\omega}\varsigma$ $\dot{\alpha}\varrho\chi\dot{\eta}\nu$ $\tau\iota\nu\alpha$ $\tau\iota\vartheta\acute{\epsilon}\alpha\sigma\iota$ $\tau\tilde{\omega}\nu$ $\ddot{o}\nu\tau\omega\nu$ $o\dot{\iota}$ $\mu\dot{\epsilon}\nu$ $\ddot{\omega}\sigma\pi\epsilon\varrho$ $o\dot{\iota}$ $\Pi\upsilon\vartheta\alpha\gamma\acute{o}\varrho\epsilon\iota o\iota$ $\kappa\alpha\dot{\iota}$ $\Pi\lambda\dot{\alpha}\tau\omega\nu$ $\kappa\alpha\vartheta'$ $\alpha\dot{v}\tau\acute{o}$, $o\dot{v}\chi$ $\dot{\omega}\varsigma$ $\sigma\upsilon\mu\beta\epsilon\beta\eta\kappa\acute{o}\varsigma$ $\tau\iota\nu\iota$ $\dot{\epsilon}\tau\acute{\epsilon}\varrho\omega$, $\dot{\alpha}\lambda\lambda'$ $o\dot{v}\sigma\acute{\iota}\alpha\nu$ $\alpha\dot{v}\tau\grave{o}$ $\ddot{o}\nu$ $\tau\grave{o}$ $\ddot{\alpha}\pi\epsilon\iota\varrho o\nu$.

[6]) Met. 988 a 23—26: $o\dot{\iota}$ $\mu\dot{\epsilon}\nu$ $\gamma\dot{\alpha}\varrho$ $\dot{\omega}\varsigma$ $\ddot{v}\lambda\eta\nu$ $\tau\dot{\eta}\nu$ $\dot{\alpha}\varrho\chi\dot{\eta}\nu$ $\lambda\acute{\epsilon}\gamma o\upsilon\sigma\iota\nu$, $\ddot{\alpha}\nu$ $\tau\epsilon$ $\mu\acute{\iota}\alpha\nu$ $\ddot{\alpha}\nu$ $\tau\epsilon$ $\pi\lambda\epsilon\acute{\iota}o\upsilon\varsigma$ $\dot{v}\pi o\vartheta\tilde{\omega}\sigma\iota$ $\kappa\alpha\dot{\iota}$ $\dot{\epsilon}\dot{\alpha}\nu$ $\tau\epsilon$ $\sigma\tilde{\omega}\mu\alpha$ $\dot{\epsilon}\dot{\alpha}\nu$ $\tau\epsilon$ $\dot{\alpha}\sigma\dot{\omega}\mu\alpha\tau o\nu$ $\tau\iota\vartheta\tilde{\omega}\sigma\iota\nu$, $o\dot{\iota}o\nu$ $\Pi\lambda\dot{\alpha}\tau\omega\nu$ $\mu\dot{\epsilon}\nu$ $\tau\grave{o}$ $\mu\acute{\epsilon}\gamma\alpha$ $\kappa\alpha\dot{\iota}$ $\tau\grave{o}$ $\mu\iota\kappa\varrho\grave{o}\nu$ $\lambda\acute{\epsilon}\gamma\omega\nu$.

[7]) Phys. 203 a 8: $\Pi\lambda\dot{\alpha}\tau\omega\nu$ $\delta\grave{\epsilon}$ $\ddot{\epsilon}\xi\omega$ $\mu\grave{\epsilon}\nu$ $o\dot{v}\delta\grave{\epsilon}\nu$ $\epsilon\tilde{\iota}\nu\alpha\iota$ $\sigma\tilde{\omega}\mu\alpha$ $o\dot{v}\delta\grave{\epsilon}$ $\tau\grave{\alpha}\varsigma$ $\iota\delta\acute{\epsilon}\alpha\varsigma$ . . .

[8]) Phys. 251 b 17—19: $\Pi\lambda\dot{\alpha}\tau\omega\nu$ δ' $\alpha\dot{v}\tau\grave{o}\nu$ (sc. $\chi\varrho\acute{o}\nu o\nu$) $\gamma\epsilon\nu\nu\tilde{\alpha}$ $\mu\acute{o}\nu o\varsigma\cdot$ $\ddot{\alpha}\mu\alpha$ $\mu\grave{\epsilon}\nu$ $\gamma\dot{\alpha}\varrho$ $\alpha\dot{v}\tau\grave{o}\nu$ $\tau\tilde{\omega}$ $o\dot{v}\varrho\alpha\nu\tilde{\omega}$ $\gamma\epsilon\gamma o\nu\acute{\epsilon}\nu\alpha\iota$, $\tau\grave{o}\nu$ δ' $o\dot{v}\varrho\alpha\nu\grave{o}\nu$ $\gamma\epsilon\gamma o\nu\acute{\epsilon}\nu\alpha\iota$ $\varphi\eta\sigma\acute{\iota}\nu$.

wir bedenken, daß **Plato** als Nachfolger des **Pythagoras** bezeichnet wird. Waren es denn nicht die **Pythagoreer**[1]), welche das Unendliche als das Schlimme und das Begrenzte für das Gute erklärten?

Alles, was dem Mehr und Minder angehört, ist unendlich. Lust[2]) und Leid aber nehmen diese in sich auf, sind unendlich[3]), gehören einer Gattung an, welche weder Anfang noch Mitte noch Ende in sich selbst hat und nie haben wird. A. wirft hiebei ein[4]), daß dann auch die Gesundheit unter's Unendliche gerechnet werden müßte.

Unter den Schülern **Platos** ist in Rücksicht unseres Themas bemerkenswert, daß **Xenokrates**[5]) behauptete, nicht jede Größe könne in andere zerlegt werden, sondern alle Figuren entspringen in letzter Beziehung aus kleinsten und mithin unteilbaren Linien. Damit ist die unendliche Teilbarkeit natürlich ausgeschlossen. Gegen den zeitlichen Anfang[6]) der Welt verwahrte er sich entschieden und wollte sogar seinen Lehrer **Plato** die Ewigkeit der Welt lehren lassen, indem er die betreffenden Stellen im Timäus als nur gleichnisweise gesprochen zu deuten versuchte.

Wie der eben Genannte, hob auch **Heraklides**[7]) mit der Annahme, daß kleinste Körper Grundbestandteile alles Körperlichen seien, die Teilbarkeit ins Unendliche auf. Auffallend ist bei ihm, daß er das Weltgebäude, wie **Stobäus**[8]) erzählt, räumlich unendlich faßte.

Mit diesem Ueberblick sind wir auf unser eigentliches Thema: „Das Unendliche bei **Aristoteles**" gekommen. Diesem liegt die Bedeutsamkeit der ganzen Erörterung über das Unendliche darin, daß die Annahme oder Ablehnung desselben einen auffallenden Unterschied unter den Philosophen begründet[9]). Die Berechtigung aber zu einer solchen Betrachtung scheint unserm Philosophen daraus zu fließen, daß die namhaftesten Vertreter der Philosophie sich mit diesem Gegenstande befaßt haben[10]). Denn Alle haben das Unendliche nicht ohne

---

[1]) cf. S. 4 Anm. 12.

[2]) Phileb. 27 E: ἡδονὴ καὶ λύπη τῶν τὸ μᾶλλόν τε καὶ ἧττον δεχομένων ἐστόν.

[3]) Phileb. 31 A: . . ἡδονὴ δὲ ἄπειρός τε αὐτὴ καὶ τοῦ μήτε ἀρχὴν μήτε μέσα μήτε τέλος ἐν αὑτῷ ἀφ' ἑαυτοῦ ἔχοντος μηδὲ ἔξοντός ποτε γένους. Vgl. dazu Met. 988 a 14—15: εἰς δὲ τὴν τοῦ εὖ καὶ τοῦ κακῶς αἰτίαν τοῖς στοιχείοις ἀπέδωκεν ἑκατέροις ἑκατέραν . . . . .

[4]) Ethic. 1173 a 15—17: . λέγουσι δὲ τὸ μὲν ἀγαθὸν ὡρίσθαι, τὴν δ' ἡδονὴν ἀόριστον εἶναι, ὅτι δέχεται τὸ μᾶλλον καὶ τὸ ἧττον. Dagegen A. ibid. a 23—25: τί γὰρ κωλύει καθάπερ ὑγίεια ὡρισμένη οὖσα δέχεται τὸ μᾶλλον καὶ τὸ ἧττον, οὕτω καὶ τὴν ἡδονήν.

[5]) Zeller II, 1, 867.

[6]) Zeller II, 1, 876.

[7]) Zeller II, 1, 886.

[8]) Zeller II, 1, 887.

[9]) De coelo 271 b 14—17.

[10]) Phys. 203 a 1—3.

Grund als Prinzip aufgestellt [1]). Und es scheint auch in der That die Existenz des Unendlichen geradezu notwendig wegen der Unend= lichkeit der Zeit, der Teilung der Größe (auch die Mathematiker ge= brauchen das Unendliche), wegen des lückenlosen, immerwährenden Werdens und Vergehens, notwendig auch, weil zum Begrenztsein immer Mehrere gehören und vorzüglich wegen der Unendlichkeit des Denkens [2]). Welche Bedeutung diesen, wie es scheint, ganz populären Gründen zukam, mag am besten aus der Widerlegung hervorgehen, welche A. den einzelnen noch angedeihen lassen muß. Unter diesen Umständen findet er es ganz passend, daß, wer über Größe, Zeit, Bewegung Untersuchungen anstellt, über Begriffe, welchen das Un= endlich oder Endlich zukommen muß, daß der sich auch darüber erkläre, ob es ein Unendliches [3]) gebe, und wenn, ob es ein Wesen oder an einem Substanziellen an und für sich vorkommend sei, oder ob man am Ende nur in dem Sinne vom Unendlichen spreche, wie man von der Menge nach unendlich vielen Dingen rede [4]). Dabei betont er die Schwierigkeit, welche sich in beiden Fällen ergebe, möge man ein Unendliches annehmen oder nicht [5]).

Wie oft, stellt er auch hier zuerst die verschiedenen Bedeutungen des gewöhnlichen Sprachgebrauches fest [6]) und, indem er die für die Untersuchung unbrauchbaren ausscheidet, gewinnt diese an Klarheit und Bestimmtheit.

Also nicht ein lediglich grammatisch=rhetorisches Interesse ist es, was ihn zu solchen Unterscheidungen veranlaßt, sondern das Streben nach Deutlichkeit [7]). So wird unterschieden 1) ein Unendliches, das man nicht durchwandern kann, weil es von Natur so beschaffen ist, nicht durchwandert zu werden, mit andern Worten ein Unendliches, das ebenso wenig eine Größe hat, als die Stimme sichtbar ist; 2) ein Un= endliches, das kein zum Abschluß führendes Ende hat. Außerdem ist 3) die Rede vom Unendlichen, das kaum ein Ende hat, wie wenn man sagt, der Weg ist unendlich lang [8]). Oder es wird 4) das Unend= liche in dem Sinne genommen, daß es zwar naturgemäß, aber nicht in Wirklichkeit zu Ende gebracht werden kann, man denke an die unendliche Meerestiefe [9]). Schließlich kommt jedes Unendliche, von dem allein wird gehandelt werden [10]), das d u r c h H i n z u f ü g u n g

---

[1]) Phys. 203 b 3.
[2]) Phys. 203 b 15—24.
[3]) Phys. 202 b 30—36.
[4]) Phys. 203 b 33—35.
[5]) Phys. 203 b 31—32.
[6]) Phys. 204 a 2—7.
[7]) De coelo 280 b 2—6 u. Topic. 108 a 18—36.
[8]) Probleme: Sectio V, 25 (p. 883 n 25) u. Sectio XXX, 4 (p. 955 n 4). Dieser Bedeutung, was kaum ein Ende hat, scheint das Wort ἀπέραντος zu entsprechen, z. B. Rhetorik 1408 b 28: τὸ δὲ ἄρρυθμον ἀπέραντον; de mirabil. auscult. 836 n 82 b 16: ἀπέραντός τις τόπος.
[9]) Meteorol. 351 a 12.
[10]) Leicht wird man erkennen, daß diese Unterscheidungen auf den Begriff

(unendliche Menge) entsteht, oder durch Teilung (unendliche Größe) oder — auch dieser Fall ist denkbar — durch beides zugleich (Größe, Zeit). Bloß die beiden zuletztgenannten Unendlichen, das der Teilung und der Zunahme nach kommen in Betracht. Wir stellen daher füglich zuerst die Frage: Gibt es ein in Wirklichkeit existierendes, d. h. der Zunahme nach Unendliches? Und die Antwort ist: Nein. Denn die speziell physikalische Untersuchung, ob es einen unendlichen Körper gibt, führt zu dem negativen Resultate, ein unendlicher Körper sei ein Unding, und es sei somit an ein aktuell Unendliches nicht zu denken. Diesen Abschnitt behandeln wir passender später. Aber darf deshalb, weil es keinen unendlichen Körper, kein wirklich Unendliches gibt, der Begriff des Unendlichen ganz aus dem Bereiche philosophischer Erörterung verwiesen werden? Machen wir nicht durch Beseitigung des Unendlichen die faktisch be= stehende Unendlichkeit der Zeit unmöglich? Kommen wir nicht in Konflikt mit der Mathematik, wenn wir die unendliche Teilbarkeit der Größen aufheben müssen? Was fangen wir mit der Zahl an, welche sich doch ins Unendliche vermehren läßt?[1] Ehe wir an die Beantwortung dieser Fragen gehen, müssen wir uns zuerst über den Begriff des Unendlichen vergewissern, die dabei auftauchenden Schwierigkeiten bezüglich Potenzialität und Aktualität scharf ins Auge fassen und unsere mannigfach von der herkömmlichen Auffassung abweichende Ansicht zu begründen suchen.

Wenn wir den bei A. beliebten Gang der Untersuchung ver= lassen, daß wir zuerst, wie er es auch hier thut, feststellen, ob etwas ist und dann erst, was es ist, und gleich mit dem Begriff des Unendlichen beginnen, so ist unendlich das, außerhalb dessen, wenn man es quantitativ nimmt, man immer etwas nehmen kann[2]. Außerhalb muß man etwas nehmen können und ja nicht dasselbe, hebt A. ausdrücklich hervor[3]. Ganz dasselbe will es sagen, wenn es heißt: Das Unendliche ist dadurch, daß immer ein anderes und wieder anderes genommen wird, und daß das Genommene immer begrenzt ist, aber immer ein Verschiedenes und wieder Verschiedenes[4].

der στέρησις zurückgehen; so entspricht die erste Bedeutung der Beraubung in dem Sinne: ἂν μὴ ἔχῃ τι τῶν πεφυκοτων ἔχεσθαι, κἂν μὴ αὐτὸ ᾖ πεφυκὸς ἔχειν (Met. 1022 b 22—23); die zweite Bedeutung des Un. τὸ δὲ διέξοδον ἔχον ἀτελεύτητον kommt wohl der Beraubung gleich, welche den Namen davon trägt τῷ πάντη μὴ ἔχειν (ibid. 1023 a 4); die dritte (ὃ μόλις) der in dem Sinne τῷ μὴ ῥᾳδίως ἢ τῷ μὴ καλῶς (ibid. 1023 a 2); die vierte deckt sich vollkommen mit der στέρησις, welche bedeutet: ἂν πεφυκὸς ἔχειν... μὴ ἔχῃ (ibid. 1022 b 24—25).

[1] Phys. 206 a 9—12.

[2] Phys. 207 a 7—8: ἄπειρον μὲν οὖν ἐστὶν οὐ κατὰ ποσὸν λαμβάνουσιν ἀεί τι λαβεῖν ἔστιν ἔξω.

[3] Phys. 207 a 4—5: δεῖ γὰρ τοῦτό (sc. ἔξω λαμβάνειν) τε ὑπάρχειν καὶ μηδέποτε τὸ αὐτό λαμβάνεσθαι.

[4] Phys. 206 a 27—29: ὅλως μὲν γὰρ οὕτως ἐστὶ τὸ ἄπειρον, τῷ ἀεὶ

Die erste Frage beim Unendlichen ist die:

Wie ist es potenziell und aktuell? Um diese zu beantworten, müssen wir, da das Sein in vielfacher Beziehung gesagt wird [1]), untersuchen, wie das Unendliche ist. Es ist nun nicht, wie ein Haus oder ein Mensch, überhaupt nicht wie ein Individuum, welchem das Sein als Wesen zukommt, sondern wie der Tag und das Festspiel, deren Sein immer in einem Werden und Vergehen liegt [2]). Man darf also die Potenzialität beim Unendlichen nicht so fassen, wie z. B. wenn man sagt, dieses Holz ist potenziell Statue, dies in in der Wirklichkeit eine solche wird [3]); sondern es ist das Unendliche potenziell, wie der Tag und wie das Festspiel [4]). Diese aber sind es dadurch, daß immer ein anderer Augenblick, ein anderes Kampfesbild werden kann. Aber auch aktuell, wie Tag und Festspiel ist das Unendliche [5]), und wir haben doch gehört, daß es beim Unendlichen keine Aktualität gibt. Allerdings; es gibt keine Aktualität des Seins, wohl aber eine solche des Werdens. Demnach ist das Unendliche aktuell, weil immer ein Anderes wird.

Und so ist es auch der Tag, so das Festspiel; es wird immer ein anderer Augenblick, ein anderes Kampfesbild. Das jedesmal Genommene, hier der Augenblick, dort das Kampfesbild ist immer ein begrenztes, aber nicht, fügen wir bei, absolut [6]), sondern relativ, immer mit Bezug auf ein anderes [7]). Darum heißt es: „nicht wie ein Haus oder ein Mensch", d. h. wie etwas Ganzes, Fertiges; denn das „immer ein Begrenztes" konnte leicht eine falsche Auffassung erzeugen. Das Unendliche ist also potenziell, dadurch, daß immer ein anderes werden kann, aktuell, weil immer ein anderes wird. Wir können diese Aktualität treffend mit Brentano [8]) als die erhöhte Potenzialität eines ὂν κινήσει bezeichnen. Diese Aktualität aber führt nicht zum Sein, zu einem Abschluß, sondern sie wird wieder die

---

ἄλλο καὶ ἄλλο λαμβάνεσθαι, καὶ τὸ λαμβανόμενον μὲν ἀεὶ εἶναι πεπερασμένον, ἀλλ' ἀεί γε ἕτερον καὶ ἕτερον.

[1]) Phys. 206 a 21: ἐπεὶ πολλαχῶς τὸ εἶναι λέγεται.

[2]) Phys. 206 a 21—23; ibid. 206 a 30—33: ὥστε τὸ ἄπειρον οὐ δεῖ λαμβάνειν ὡς τόδε τι, οἷον ἄνθρωπον ἢ οἰκίαν, ἀλλ' ὡς ἡμέρα λέγεται καὶ ὁ ἀγών, οἷς τὸ εἶναι οὐχ ὡς οὐσία τις γέγονεν, ἀλλ' ἀεὶ ἐν γενέσει καὶ φθορᾷ, εἰ καὶ πεπερασμένον κτλ.

[3]) Phys. 206 a 18—21: οὐ δεῖ δὲ τὸ δυνάμει ὂν λαμβάνειν, ὥσπερ εἰ δυνατὸν τοῦτ' ἀνδριάντα εἶναι, ὡς καὶ ἔσται ἀνδριάς, οὕτω καὶ ἄπειρόν τι, ὃ ἔσται ἐνεργείᾳ.

[4]) Phys. 206 a 22—23: ὥσπερ ἡ ἡμέρα ἐστὶ καὶ ὁ ἀγὼν τῷ ἀεὶ ἄλλο καὶ ἄλλο γίγνεσθαι, οὕτω καὶ τὸ ἄπειρον. καὶ γὰρ ἐπὶ τούτων ἐστὶ καὶ δυνάμει καὶ ἐνεργείᾳ· Ὀλύμπια γάρ ἐστι καὶ τῷ δύνασθαι τὸν ἀγῶνα γίγνεσθαι καὶ τῷ γίγνεσθαι.

[5]) Phys. 206 a 23—24; 206 b 13—14: ἐντελεχείᾳ δὲ (nach Prantls Konjektur in f. Ausg.) ἐστίν, ὡς τὴν ἡμέραν εἶναι λέγομεν καὶ τὸν ἀγῶνα....

[6]) Phys. 206 b 15: καὶ οὐ καθ' αὑτό, ὡς τὸ πεπερασμένον.

[7]) Phys. 207 a 24: πεπερασμένον οὐ καθ' αὑτὸ, ἀλλὰ κατ' ἄλλο.

[8]) Die verschiedenen Bedeutungen des Seienden bei A. S. 40—72.

Potenzialität ¹) zum Folgenden und so fort und fort. Darin liegt ja eben das Unendliche, daß es nie zu Ende kommt, und es ist dies, wenn man will, schon sprachlich durch das dreimalige malerische „Immer" ²) ausgedrückt.

So ist also das Unendliche potenziell und so aktuell. Wenn wir dabei eine Aktualität des Werdens anerkennen, wobei der ganz richtige Gedanke, das Unendliche sei nicht, sondern werde, zu Grunde liegt, so werden wir das Urteil von Boniß ³) in dessen Kommentar zur Metaphysik 395 A. 1 gewiß mildern müssen. Denn nicht gänzlich wird die Aktualität aufgehoben, sondern nur die des Seins ist unmöglich. Richtig hält Prantl an einer solchen des Werdens fest, wenn er in seiner sehr schätzenswerten Inhaltsangabe zum 3. Buch der Physik sagt: .. „es schlichtet sich aber die Schwierigkeit dadurch, daß das Unbegrenzte nur potenziell in der fortgesetzten Teilung existiert und aktuell nur in dem Entstehen stets eines Andern und wieder Andern, welches selbst aber durch die erneuerte gleiche Möglichkeit wieder nur potenziell ist, da es kein konkretes Unbegrenztes gibt." Nur könnte dabei die irrige Ansicht entstehen, als ob bloß Potenzialität an die Teilung gebunden, und nicht auch, wie sich zeigen wird, Aktualität mit ihr verknüpft wäre. Daß diese Ansicht von einer Aktualität des Werdens beim Unendlichen das Richtige treffe, wird kaum bezweifelt werden.

Ein anderer Punkt aber ist es, betreffs dessen sich Schwierig-

---

¹) Potenzialität und Aktualität fallen zusammen; darauf muß schon des A. Ausspruch führen, daß Zeit und Bewegung zugleich aktuell und potenziell sind; denn das Unendliche ist ja ein Werdendes, sich in Bewegung Befindendes. Thomas v. Aquin l. X z. d. St.: Multipliciter enim dicitur aliquid esse: vel quia totum est simul, ut homo et domus, vel quia semper una pars eius fit post aliam, per quem modum dicitur esse dies et ludus agonalis. Et hoc modo dicitur infinitum esse simul et in potentia et in actu: omnia enim huius modi simul sunt in potentia quantum ad unam partem et actu quantum ad aliam. Olympia enim ..... dicuntur esse et durare secundum agones vel posse fieri in actu: quia quamdiu durabant ista festa, aliqua pars illorum ludorum erat in fieri et aliqua erat ut in futurum fienda. Wir werden noch öfters auf Thomas v. Aquin uns berufen, einen auch heute noch nicht zu unterschätzenden Kommentator des A.

²) Phys. 206a 27—29.

³) Mira levitate, ut dicam, quod sentio, A. his notionibus defungitur, et quum hoc loco cognoscere debeat, remanere in notionibus δυνάμεως et ἐνεργείας difficultatem non minorem quam his ipsis notionibus solvere studebat, satis habet monuisse, intercedere aliquod discrimen inter eam potentiam qualem in ἀπείρῳ cerni Phys. l. l. (III, 6) acutissime et verissime explicuit, et eas potentias, de quibus antea dixit. Nimirum tantum hoc est discrimen, ut notio δυνάμεως prorsus tollatur; etenim δύναμιν supra docuit 1047a 24 iis tribui rebus, quae possunt ad ἐνέργειαν eam procedere, cuius δύναμιν habent; nihilo tamen secius tamquam peculiare quoddam potentiae genus illam significat τοῦ ἀπείρου δύναμιν, quae non potest ad ἐνέργειαν progredi.

keiten erheben, ob nämlich die Möglichkeit beim Unendlichen eine
logische oder reale ist. Trendelenburg ¹) zu de anima p. 253
entscheidet sich fürs Erstere, indem er sich auf Met. 1048 b 14—15
bezieht. Boniß läßt uns hier im Stiche. Schweglers Erklärung
in dessen Kommentar p. 173 ²), welcher die eben angeführte Stelle
der Metaphysik dahin deutet, der Begriff des Unendlichen sei ein
begrenzter Begriff, wird als einer allzu künstlichen niemand beitreten
wollen. Jedoch das ist an Schweglers Erklärung richtig, daß er
das γνώσει mit ἐνεργείᾳ χωριστὸν einen Gegensatz bilden läßt;
denn es ist unserer Ansicht nach völlig falsch, daß γνώσει zu δυνάμει
bezogen werde. Zwar läßt sich gegen eine solche Beziehung sprachlich
nichts einwenden, desto mehr aber sachlich. Was soll der folgende
mit dem begründenden und zugleich exemplifizierenden γὰρ eingeleitete
Satz bei Trendelenburgs Erklärung? Betrachten wir den Satz
Met. 1048 b 14: τὸ δ' ἄπειρον — γνώσει im Zusammenhang mit
dem Folgenden, worauf das γὰρ gebieterisch hinweist, so werden wir
als die allein richtige Erklärung folgende finden, welche wir Thomas
von Aquin z. b. St. I. V entnehmen ³). Während wir bei dem,
was gesehen werden kann, auch wirklich einmal den Fall haben
werden, daß es gesehen wird, daß also Potenzialität und Aktualität
getrennt für sich existieren, ist das beim Unendlichen nicht der Fall.
Denn das Unendliche ist nicht so potenziell, als ob es
einmal aktuell getrennt existieren werde, sondern nur in
der Erkenntnis werden Aktualität und Potenzialität
auseinander gehalten. Das kann man deutlich sehen z. B. bei
der unendlichen Teilung ⁴), bei welcher die Aktualität des immer
Geteiltwerdens, wiederum nur Potenzialität ist für eine weitere Teilung; Potenzialität und Aktualität fallen in Wirklichkeit zusammen,

---

¹) De infinito, quomodo sub δύναμιν et ἐνέργειαν cadat, agitur.
Quomodo infinitum re vera et actu esse dici possit, magna quaestio est.
Est enim infinitum, si verum consulis, δύναμις sine ἐντελεχείᾳ, aliquid
quod fieri posse cogitatur, nunquam vero ad veritatis
exitum perducitur, quod mente percipitur, nunquam vero
conspicitur; quod enim conspicitur, necessario finitum est. in quam
sententiam in Metaph. 1048 b 14: τὸ δ' ἄπειρον οὐχ οὕτω δυνάμει ἐστὶν
ὡς ἐνεργείᾳ ἐσόμενον χωριστόν, ἀλλὰ γνώσει.

²) Nur γνώσει wird das ἄπειρον ein χωριστὸν und hört auf δυνάμει
zu sein; der Begriff des Unendlichen ist ein begrenzter; vgl.
Met. II, 2, 994 b 27: ἀπείρῳ οὐδενὶ ἔστιν εἶναι· εἰ δὲ μή, οὐκ ἄπειρον
γ' ἐστι τὸ ἀπείρῳ εἶναι.

³) . . . Sed infinitum non ita dicitur in potentia, ut quandoque sit
separatum in actu tantum. Sed actus et potentia distinguuntur
ratione et cognitione in infinito.

⁴) Th. v. Aquin a. a. O.: Puta in infinito secundum divisionem
dicitur esse actus cum potentia simul, eo quod nunquam deficit potentia
dividendi: quando enim dividitur in actu, adhuc est ulterius divisibile
in potentia. Nunquam autem separatur actus a potentia, ut scilicet
quandoque sit totum divisum in actu et non sit ulterius divisibile in
potentia.

existieren nur in der Erkenntnis getrennt. Das ist der Sinn der Worte: [1] Denn daß die Teilung nicht aufhört, der Umstand bewirkt, daß diese Aktualität (des Nichtaufhörens) nur potenziell ist, aber nicht getrennt existiert. Demzufolge werden diese Worte nicht mehr so auffallend erscheinen, wie Bonitz [2] a. a. O. meint.

Diese Erklärung der Aristotelischen Worte, bei welchen man nur die Kürze des Ausdrucks bedauern wird, bewahrt den A. vor einem Widerspruch, in welchen er bei Trendelenburgs Auffassung sich verwickelt haben müßte. Wir behaupten nämlich, A. fasse, wie überall, auch hier das „Potenziell" als Real=Potenz. Zwar leugnen wir nicht, daß das „Potenziell" bei der unendlichen Zeit, der Bewegung und auch bei der Zahl eine subjektive Färbung bekommt. Doch darf das Objektive bei der Zeit, nämlich Bewegung, welche an einer Größe stattfindet, und bei der Zahl, nämlich Einheit, womit man zählt, nicht außer acht gelassen werden. Bei der Größe aber haben wir die reine, reale Möglichkeit, und das scheint mir auch Trendelenburg, ohne es zu wollen, im Widerspruch mit sich selbst zu bestätigen, wenn er a. a. O. sagt [3]: Itaque si dividas, infinitum re vera $\delta v \nu \acute{\alpha} \mu \varepsilon \iota$ subest. Was soll es heißen: in Wirklichkeit potenziell? Offenbar nicht dem Gedanken nach, wie der Gegensatz zeigt: Si addas, minus; denn das Letztere kann nur von der Zahl verstanden werden, bei welcher allerdings die Unendlichkeit im Denken zu liegen scheint. Auch möchten wir den Ausspruch des A. [4], daß wir unser Denken nach den Dingen richten müssen und nicht die Dinge nach unserm Denken, zu Gunsten unserer Auffassung der Potenz beim Unendlichen als einer Real=Potenz geltend machen. Freilich ist diese Möglichkeit nur für den Objektivismus des A. eine reale, worauf wir später zurückkommen werden. Sind diese Ausführungen zutreffend, so werden wir uns nicht Trendelenburg, sondern vielmehr Thomas von Aquin anschließen.

Die Lehre vom Unendlichen ist zugleich wiederum ein Beleg für die große Bedeutung, welche bei A. die Begriffe von Potenzialität

---

[1] Met. 1048 b 15—17: τὸ γὰρ μὴ ὑπολείπειν τὴν διαίρεσιν ἀποδίδωσι τὸ εἶναι δυνάμει ταύτην τὴν ἐνέργειαν, τῷ δὲ χωρίζεσθαι οὔ.

[2] Ex hac gravissima difficultate, quibus interna proditur doctrinae repugnantia (sic!), mira illa verba videntur prodiisse, quibus etiam in notione infiniti conglutinare videtur voluisse δύναμιν et ἐνέργειαν, quum dicit (Met. 1048 b 15): τὸ γὰρ μὴ ὑπολείπειν — οὔ. Namque ταύτην τὴν ἐνέργειαν nihil potest aliud significare nisi quod certus dividendi finis non potest constitui. Ergo ἐνέργεια infiniti cernitur in ipsa δυνάμει τοῦ ἀεὶ τέμνεσθαι.

[3] Difficultates quidem insunt in physicorum loco una plures, haec autem summa est sententia. Rem sive dividas sive augebis, addendo infiniti notio existet, at sola cogitatione, δύναμις enim ad ἐντελέχειαν non perducitur. Si dividendo infinitum gignas res, infiniti est materia, sin autem addendo, infiniti materia non adest, sed cogitatione adstruitur. Itaque si dividas, infinitum re vera δυνάμει subest, si addas, minus.

[4] Phys. 208a 14 u. sonst öfters z. B.: Kateg. 14 b 18; Met. 1051 b 3 ff.

und Aktualität behaupten. Beruht ja auf der Lehre von der Möglichkeit allein das Unendliche[1], das nie zur Aktualität des Seins gelangt, dessen Sein eigentlich nur in der Potenz besteht. Und verdankt nicht A. diesem seinem „der Möglichkeit nach" wenigstens die richtige Begriffsbestimmung des Unendlichen, daß er nicht als ein Vollendetes, als ein Maximum[2], sondern als etwas Werdendes faßt? Und ich denke dieser Auffassung, daß das Unendliche stets wird, aber nie als etwas Ganzes, Größtes existiert, wird jeder vorurteilsfrei Denkende ohne Bedenken seine Zustimmung geben können. Daher werden wir bei dieser Gelegenheit, wenn wir das noch hinzufügen sollen, nicht kurzweg den Stab über die Lehre von Potenzialität und Aktualität brechen, indem wir darin mit Lange[3] nur ein „Gaukelspiel" sehen, sondern vielmehr werden wir uns der Erkenntnis nicht verschließen, daß uns A. mit dieser Theorie den Begriff der Entwicklung und damit eine auch heute noch giltige Auffassung des Unendlichen gebracht hat.

Kehren wir nach diesem kleinen kritischen Gange zurück, um den der Lösung harrenden Schwierigkeiten bezüglich des Unendlichen bei der Größe und Zahl gerecht zu werden.

Wie ist nun die Größe unendlich?

Der Aktualität[4] nach, d. h. der Zunahme nach, gibt es keine unendliche Größe, wohl aber ist die Größe unendlich der Teilung nach. Denn es gibt keine Teilung in Kleinstes[5], und wollte jemand eine kleinste[6] Größe in der Mathematik einführen, er würde an deren Fundamenten rütteln. Wäre damit doch die Lehre von unteilbaren Linien behauptet, eine Theorie, welche leicht widerlegt werden kann[7]. Auch hier wieder die alte Frage, wie bei der unendlichen Teilung von potenziell und aktuell die Rede sei. Denn auch Letzteres ist hier der Fall, freilich recht verstanden. Während nämlich die Potenzialität bei der Größe darin liegt, daß sie ins Unendliche geteilt werden kann, bewirkt[8] der Umstand, daß die Teilung nie aufhört, nur, daß diese (d. h. die, welche in dem Nie-aufhören liegt) Aktualität bloß potenziell, nicht aber aktuell selb-

---

[1] Phys. 206a 18: λείπεται οὖν δυνάμει εἶναι τὸ ἄπειρον; vgl. auch Euken: Methode der Aristotelischen Forschung in ihrem Zusammenhang mit den philosophischen Grundprincipien des Aristot. Berlin 1872, welcher die Lehre von δύναμις u. ἐνέργεια mit gewohnter Unparteilichkeit beurteilt, S. 182.

[2] Daß hiegegen de coelo 283a 7—10 nichts besagt, darüber später.

[3] Geschichte des Materialismus im Alterthum I, 39.

[4] Phys. 206a 16—17: τὸ δὲ μέγεθος ὅτι μὲν κατ' ἐνέργειαν οὐκ ἔστιν ἄπειρον, εἴρηται, διαιρέσει δ' ἐστίν.

[5] de generat. et corr. 328a 5: ἐπεὶ δ' οὐκ ἔστιν εἰς τἀλάχιστα διαιρεθῆναι.

[6] de coelo 271b 9—11: εἴ τις ἐλάχιστον εἶναί τι φαίη μέγεθος· οὗτος γὰρ τοὐλάχιστον εἰσαγαγὼν τὰ μέγιστ' ἂν κινήσειε τῶν μαθηματικῶν.

[7] Phys. 206a 17.

[8] Met. 1048b 15—17.

ständig ist. Wir haben eben wiederum, um mit Brentano[1]) zu reden, nur eine erhöhte Potenzialität.

Der Zunahme nach nun gibt es, wie gesagt, keine unendliche, sinnlich wahrnehmbare Größe. Doch ist auch bei der Zunahme das Unendliche vorhanden, insofern[2]) sie nämlich gewissermassen das- selbe ist, wie die Teilung. Bei[3]) einer begrenzten Größe nämlich geschieht bei der Zunahme dasselbe, wie bei der Teilung in um- gekehrter Ordnung.

Denn wie[4]) wir eine begrenzte Größe ins Unendliche geteilt werden sehen, so wird sie zum Vorschein kommen, wenn man zu einem fest Bestimmten hinzusetzt.

Ist 1, was wir als Größe betrachten, nicht als Zahl, die be- grenzte Größe, welche ins Unendliche geteilt wird, so haben wir:

$$\frac{1}{2} \cdot \frac{1}{4} \cdot \frac{1}{8} \quad \frac{1}{16} \quad \frac{1}{32} \quad \frac{1}{64} \qquad \infty, \text{ wobei } \frac{1}{2} \text{ das fest}$$

Bestimmte ist. Nimmt[5]) man nämlich bei einer begrenzten Größe (1) das Bestimmte (½) in derselben Proportion, aber nicht in derselben Größe, wie das erste Ganze, also nicht wieder $\frac{1}{2}$, so wird man mit der Teilung des Begrenzten nie zu Ende kommen, wohl aber wird

---

[1]) Dieser Gelehrte bemerkt a. a. O. S. 71—72: „Man wird nicht zugeben wollen, daß es, da doch jede Möglichkeit nur in Bezug auf eine Wirklichkeit so genannt werden kann, dennoch eine Potenzialität geben könne, welcher keine Aktualität entspricht, wenigstens keine in den Dingen existierende, wenn auch eine gedachte (für Arist.?) und in ihrem Begriffe mitbegriffene. Und doch ist es so, wie das Beispiel jeder Linie und jedes Körpers klar macht. Die Linie in Wirklichkeit Eins, ist als halbierbar in Möglichkeit 2, 4, 8 u. f. w.; sie ist in Wirklichkeit Eins, in Möglichkeit unendlich Vieles. Nie werden die unend- lich vielen Linien, welche in der Einen Linie enthalten sind, der Möglichkeit nach als Teile, in Wirklichkeit als unendlich viele Linien existieren. (Gibt auch A. gewissermassen zu, wenn er sagt (de generat. 316 a 20—23): οὐδ' ἂν εἰς μυρία μυριάκις διῃρημένα ᾖ, οὐδὲν ἀδύνατον · καίτοι ἴσως οὐδεὶς ἂν διέλοι). Das Unendliche existiert hier, wie überall, wo es sich um Körperliches handelt, immer nur in einem Zustande der Potenzialität entweder im Zustande der Potenzialität vor der κίνησις (die Linie hat unendlich viele Teile) oder als ὂν κινήσει, wenn eine Teilung ins Unendliche unternommen wird."

[2]) Phys. 206 b 3: τὸ δὲ κατὰ πρόσθεσιν τὸ αὐτό ἐστί πως καὶ τὸ κατὰ διαίρεσιν.

[3]) Phys. 206 b 4—5: ἐν γὰρ τῷ πεπερασμένῳ κατὰ πρόσθεσιν γίνεται ἀντεστραμμένως.

[4]) Phys. 206b 5—6: ᾗ γὰρ διαιρούμενον ὁρᾶται εἰς ἄπειρον, ταύτῃ προστιθέμενον φανεῖται πρὸς τὸ ὡρισμένον. Prantl übersetzt falsch: bis zum fest Bestimmten hin, als ob πρὸς für μέχρι πρὸς stünde; wir halten das πρὸς für eine einfache Wiederholung aus προστιθέμενον, wofür auch der Dativ stehen könnte.

[5]) Phys. 206 b 7—9: ἐν γὰρ τῷ πεπερασμένῳ μεγέθει ἂν λαβών τις ὡρισμένον, προσλαμβάνῃ τῷ αὐτῷ λόγῳ, μὴ τὸ αὐτό τι μέγεθος τῷ ὅλῳ περιλαμβάνων, οὐ διέξεισι τὸ πεπερασμέναν.

bte [1]) Teilung aufhören, sobald man die gleiche Größe $\left(\frac{1}{2}\right)$ nimmt.

Anders [2]) nun ist das Unendliche nicht, d. h. wenn man immer die=selbe Größe bei der Teilung nimmt, ist es nicht, so aber nämlich, wenn man immer in derselben Proportion teilt, [3]) ist das Unendliche sowohl der Potenz als auch der Aktualität nach. Insoferne nun das Hinzusetzen gewissermaffen [4]) dasselbe ist, wie das Teilen, insofern kann

---

[1]) Phys. 206 b 9—12: ἐὰν δ' οὕτως αὔξῃ τὸν λόγον ὥστε ἀεί τι τὸ αὐτὸ περιλαμβάνειν μέγεθος, διέξεισι, διὰ τὸ πᾶν πεπερασμένον ἀναιρεῖσθαι ὁτῳοῦν ὡρισμένῳ.

[2]) Phys. 206 b 12—13: ἄλλως μὲν οὖν οὐκ ἔστιν, οὕτως δ' ἐστὶ τὸ ἄπειρον, δυνάμει τε καὶ ἐπὶ καθαιρέσει καὶ ἐντελεχείᾳ. Dieser Konjektur Prantls, welche derselbe auch in seiner neulich erschienenen Ausgabe der Physik (1879) festhält, nachdem er sie schon in seiner Ausgabe von 1854 vorgebracht hatte, können wir gegenüber der Überlieferung: δυνάμει τε καὶ ἐπὶ καθαιρέσει. καὶ ἐντελεχείᾳ δὲ κτλ.. unseren Beifall nicht versagen. Nur das ἐπὶ καθαιρέσει ist offenbar Gloffem. Von der Teilung ist ja im Vorher=gehenden nur die Rede. Und wozu das ἐπὶ καθαιρέσει mit δυνάμει so eng durch τε καὶ verbunden? Also lesen wir δυνάμει τε καὶ ἐντελεχείᾳ.

[3]) Von der Teilung also verstehen wir die ganze vorliegende Stelle und nur so allein erhalten wir einen befriedigenden Sinn. Dazu faffen die alten Erklärer übereinstimmend die Stelle von der Teilung. So Simplicius zu 206b 5, p. 367a 27—31: εἰπὼν διαιρεῖσθαι καὶ προστίθεσθαι ἐπ' ἄπειρον, αἰτίαν ἐπάγει τούτου τὴν ἐν λόγῳ ὡρισμένῳ, ἀλλ' οὐκ ἐν μεγέθει ὡρισμένῳ γιγνομένην διαίρεσιν, ὡς εἰ ἔλεγεν, ἐὰν γάρ τις τοιῶσδε ποιήσηται τὴν διαίρεσιν, ἀλλὰ μὴ τοιῶσδε, εἰς ἄπειρον διελεῖ. Und Themiftius zu 206 b 8, indem er offenbar die Worte: ἐὰν δ' οὕτως-ὁτῳοῦν ὡρισμένῳ erklärt p. 367 a 44—46: οὐ πᾶσα δὲ διαίρεσις ἐπ' ἄπειρον οὐδὲ πρόσθεσις· ἂν γὰρ ἴσα τις ἀλλήλοις τὰ μεγέθη ἀεὶ λαμβάνῃ, διαιρῶν, ποτὲ ἀναλώσει τὸ ὅλον, ὁπηλίκον ἂν ᾖ. Eine weitere Beftätigung scheint uns de sensu et sensili 445 b 27—28 zu sein: τὸ μὲν οὖν συνεχὲς εἰς ἄπειρα τέμνεται ἄνισα, εἰς δ' ἴσα πεπερασμένα. Demnach wird man Prantl z. d. St. nicht Recht geben, wenn er die ganze Stelle von der Zu=nahme versteht, wie seine Bemerkung zeigt: Ift A das Begrenzte (πεπερα-σμένον) und dann $\dfrac{A}{m}$ das Beftimmte, welches genommen wird (τὸ ὡρισμένον),

so bringt man durch die Reihe: $\dfrac{A}{m} + \dfrac{A/m}{m} + \dfrac{A}{m^3} + \dfrac{A}{m^4} +$

allerdings das A nicht zu Stande; wohl hingegen durch die Reihe $\dfrac{A}{m} + \dfrac{A}{m} + \dfrac{A}{m}$ Auch Brandis (Handbuch der Geschichte der griech.=röm. Philosophie II. Teil, 2. Abtlg., 2. Hälfte p. 795) denkt an Hinzufügung. Die dazu gehörige Anmerkg. 336 zeigt eine gewisse Unsicherheit, wie auch die Anm. 160 S. 734, in welcher er die Stelle für sehr schwierig und schwerlich ganz gesund erklärt, das Gefühl der Unbefriedigtheit mit seiner Erklärung zu verraten scheint. Wir bleiben bei unserer Erklärung, weder durch Prantl noch Brandis irre gemacht.

[4]) Gegen unsere ganze in Anm. 2 vorgetragene Ansicht wird man kurz den Einwurf erheben: Es heißt 206 b 6: ταύτῃ προστιθέμενον φανεῖται πρὸς τὸ ὡρισμένον, aber das Eins kommt ja nie zum Vorschein! Dagegen bemerken wir: Darum hat A., der kein Wörtchen umsonst setzt, gesagt: das Hinzusetzen ist gewissermaffen dasselbe, wie die Teilung und so diesen allerdings berechtigten Einwand gegenstandslos gemacht.

man sagen, daß das Unendliche auch der Zunahme nach potenziell sei. Setzt man nämlich zu $\frac{1}{2}$, dem fest Bestimmten, in umgekehrter [1]) Ordnung hinzu, d. h. nimmt man die einzelnen Teile der ins Unendliche geteilten Größe, also $\frac{1}{2} + \frac{1}{4} + \frac{1}{8} + \frac{1}{16} + \frac{1}{32}$ u. s. w., so kann man immer etwas außerhalb nehmen $\frac{1}{64}$, $\frac{1}{128}$ u. s. w., ohne jedoch über jede bestimmte Größe, hier über das 1 hinauszukommen. [2]) Bei der Teilung dagegen geht es über jede bestimmte Größe ins immer Kleinere hinaus, [3]) weil das Kontinuirliche [4]) ins Unendliche teilbar ist. Und wie bei diesem Beispiel, ist es auch im allgemeinen mit der Zunahme der Größe. Sie wird nie über alle bestimmte Größe hinausgehen können, nie über das begrenzte Weltgebäude. Denn dann müßte [5]) es ja ein aktuell Unendliches geben, das dieses accidentell wäre, einen unendlichen Körper außerhalb der Welt, dessen Wesen Luft oder sonst etwas ist, wie die Naturphilosophen meinen. Nun [6]) aber gibt es keinen solchen unendlichen Körper; also ist dieses Hinausgehen über alle Größe, da [7]) soviel potenziell sein kann, soviel auch aktuell sein kann, bei der Zunahme nicht einmal potenziell statthaft, außer in der

---

[1]) Ein umgekehrtes Hinzusetzen setzt immer eine stattgehabte Teilung voraus; darum heißt es auch Phys. 206 b 27: ἀντεστραμμένως τῇ διαιρέσει, während ein gewöhnliches Hinzufügen ohne vorangegangene Teilung stattfindet z. B. 1 + 2 + 3 ꝛc. Wir fassen also das ἀντεστραμμένως mit Simplicius zu 206b 5 p. 367a 20 ff. nicht in dem Sinne, daß die Teilung der Addition entgegengesetzt sei (man erinnere sich, daß A. διαίρεσις und ἀφαίρεσις [Subtraktion] synonym gebraucht), sondern so, daß nach der nicht geschnittenen Einen Seite hin das Hinzufügen geschieht (κατὰ θάτερον μέρος τὸ μὴ τεμνόμενον γίνεται ἡ πρόσθεσις), wie denn auch Simplicius selbst dieser Ansicht folgt, wenn er zu 204a 7, p. 363b 7—11 bemerkt: ἔστι τὸ ἄπειρον . . . ἐπὶ δὲ τῶν μεγεθῶν καὶ κατὰ διαίρεσιν, ὅταν πᾶν τὸ λαμβανόμενον τέμνηται, καὶ κατὰ πρόσθεσιν δέ, ὅταν καὶ τέμνηται ἐπ' ἄπειρον καὶ τὰ τμήματα εἰ προστιθεῖτο u. 206b 17, p. 367b 9—11: . . . . ἐκείνου τοῦ μεγέθους ἔστι τι ἐκτός, ὃ τεμνόμενον ἐπὶ θάτερα ὑπὸ τῶν τοῦ ἑτέρου τμημάτων ηὐξάνετο.

[2]) Phys. 206b 17: ἀεὶ μὲν γάρ τι αὐτοῦ ἔξω ἔσται λαμβάνειν, οὐ μέντοι ὑπερβαλεῖ παντὸς ὡρισμένου μεγέθους   und dazu Simplicius zu 206b 17 p. 367b 7—12.

[3]) Ibid. 206b 19: . . ὥσπερ ἐπὶ τὴν διαίρεσιν ὑπερβάλλει παντὸς ὡρισμένου καὶ ἔσται ἔλαττον.

[4]) Phys. 207b 16: διαιρεῖται μὲν γὰρ εἰς ἄπειρα τὸ συνεχές.

[5]) Phys. 206 b 22—24: εἴπερ μή ἐστι κατὰ συμβεβηκὸς ἐντελεχείᾳ ἄπειρον, ὥσπερ φασὶν οἱ φυσιολόγοι τὸ ἔξω σῶμα τοῦ κόσμου, οὗ ἡ οὐσία ἢ ἀὴρ ἢ ἄλλο τι τοιοῦτον, ἄπειρον εἶναι.

[6]) Phys. 206b 24—26: ἀλλ' εἰ μὴ οἷόν τε εἶναι ἄπειρον ἐντελεχείᾳ σῶμα αἰσθητὸν οὕτω, φανερὸν ὅτι οὐδὲ δυνάμει ἂν εἴη κατὰ πρόσθεσιν . . . und Phys. 207 b 19—21.

[7]) Phys. 207b 17—18: ὅσον γὰρ ἐνδέχεται δυνάμει εἶναι, καὶ ἐνεργείᾳ ἐνδέχεται τοσοῦτον εἶναι.

angegebenen Weise, nämlich umgekehrt bei der Teilung [1]). Fragen
wir nach dem Grunde, warum das Unendliche der Zunahme nach
nicht ist, so gibt uns A. die Auskunft: Als Stoff wird das Unend=
liche umfaßt [2]), die Form aber ist das Umfassende.

Unter den Gründen, welche gebieterisch ein Unendliches zu fordern
schienen, war auch der angeführt, daß sonst die Größen nicht mehr
teilbar seien [3]), und daß auch die Mathematiker das Unendliche ge=
brauchen [4]). Es ist nun aus dem Vorhergehenden klar geworden, daß
unendliche Größe in einer Beziehung, in der Teilung, ist, aktuell aber
nicht ist. Nun, wie kommen denn die Mathematiker weg, wenn es
der Zunahme nach keine unendliche Größe gibt?

A. löst die Schwierigkeit einfach. Die Mathematiker [5]), sagt er,
bedürfen des Unendlichen nicht so, nämlich aktuell, und operieren auch
nicht in dem Sinne damit, sondern sie nehmen nur die begrenzte
Größe so groß, als sie wollen, d. h. sie sagen, diese Linie sei unend=
lich, damit sie von ihr wegnehmen können, soviel sie wollen. Aktuell
gebrauchen sie das Unendliche nicht bei der Zunahme, wohl aber bei
der Teilung. Und das Letztere deutet A. mit den Worten [6]) an: Die
begrenzte Größe, mag sie die größte oder eine beliebige sein, kann
immer in derselben Proportion geteilt werden. Und so teilen, heißt
ins Unendliche teilen [7]). Für den Beweis [8]) demnach verschlägt es
den Mathematikern nichts, daß es kein aktuell Unendliches gibt; liegt
doch auch das Sein nur in den existierenden, nicht in den gedachten
Größen; denn das Unendliche der Zunahme nach ist den Mathema=
tikern nur ein gedachtes, [9]) in Wirklichkeit aber rechnen sie mit lauter
begrenzten, existierenden Größen.

---

[1]) Phys. 296b 24—27; Zeller: Platonische Studien, S 218: „Dann ist
aber klar, daß auch nicht einmal die Möglichkeit einer Vermehrung ins Un=
endliche vorhanden ist, außer in entsprechendem Sinne, wie die einer unend=
lichen Teilung ($\dot{\alpha}\nu\tau\varepsilon\sigma\tau\rho\alpha\mu\mu\acute{\varepsilon}\nu\omega\varsigma$ $\tau\tilde{\eta}$ $\delta\iota\alpha\iota\rho\acute{\varepsilon}\sigma\varepsilon\iota$ d. h. wie die Möglichkeit einer
Teilung ins Unendliche nicht eine reale, sondern nur eine formale ist, so
ist auch die Möglichkeit einer unendlichen Vermehrung nur eine formale, die
ebendaher nie zur Wirklichkeit werden kann).“ Unrichtig! Für A. ist die
Möglichkeit der Teilung ins Unendliche keine formale, sondern eine reale
cf. de generat. 316a 20. Dies mag auch aus der Erörterung erhellen, daß
die Möglichkeit beim Unendlichen eine reale sei.

[2]) Phys. 207b 1: $\pi\varepsilon\rho\iota\acute{\varepsilon}\chi\varepsilon\tau\alpha\iota$ $\gamma\grave{\alpha}\rho$ $\dot{\omega}\varsigma$ $\dot{\eta}$ $\ddot{\upsilon}\lambda\eta$ $\dot{\varepsilon}\nu\tau\grave{o}\varsigma$ $\tau\grave{o}$ $\ddot{\alpha}\pi\varepsilon\iota\rho o\nu$, $\pi\varepsilon\rho\iota$-
$\acute{\varepsilon}\chi\varepsilon\iota$ $\delta\grave{\varepsilon}$ $\tau\grave{o}$ $\varepsilon\tilde{\iota}\delta o\varsigma$.

[3]) Phys. 206a 11.

[4]) Phys. 203b 15: $\tauo\tilde{\upsilon}$ δ' $\varepsilon\tilde{\iota}\nu\alpha\acute{\iota}$ $\tau\iota$ $\ddot{\alpha}\pi\varepsilon\iota\rho o\nu$ $\dot{\eta}$ $\pi\acute{\iota}\sigma\tau\iota\varsigma$ . . . $\dot{\varepsilon}\varkappa$ $\tau\tilde{\eta}\varsigma$ $\dot{\varepsilon}\nu$
$\tauo\tilde{\iota}\varsigma$ $\mu\varepsilon\gamma\acute{\varepsilon}\vartheta\varepsilon\sigma\iota$ $\delta\iota\alpha\iota\rho\acute{\varepsilon}\sigma\varepsilon\omega\varsigma$ ($\chi\rho\tilde{\omega}\nu\tau\alpha\iota$ $\gamma\grave{\alpha}\rho$ $\varkappa\alpha\grave{\iota}$ $o\acute{\iota}$ $\mu\alpha\vartheta\eta\mu\alpha\tau\iota\varkappa o\grave{\iota}$ $\tau\tilde{\omega}$ $\dot{\alpha}\pi\varepsilon\acute{\iota}\rho\omega$).

[5]) Phys. 207b 29—31: $o\dot{\upsilon}\delta\grave{\varepsilon}$ $\gamma\grave{\alpha}\rho$ $\nu\tilde{\upsilon}\nu$ $\delta\acute{\varepsilon}o\nu\tau\alpha\iota$ $\tauo\tilde{\upsilon}$ $\dot{\alpha}\pi\varepsilon\acute{\iota}\rho o\upsilon$, $o\dot{\upsilon}$ $\gamma\grave{\alpha}\rho$
$\chi\rho\tilde{\omega}\nu\tau\alpha\iota$, $\dot{\alpha}\lambda\lambda\grave{\alpha}$ $\mu\acute{o}\nu o\nu$ $\varepsilon\tilde{\iota}\nu\alpha\iota$ $\ddot{o}\sigma\eta\nu$ $\ddot{\alpha}\nu$ $\beta o\acute{\upsilon}\lambda\omega\nu\tau\alpha\iota$ $\tau\grave{\eta}\nu$ $\pi\varepsilon\pi\varepsilon\rho\alpha\sigma\mu\acute{\varepsilon}\nu\eta\nu$.

[6]) Phys. 207b 31—32: $\tau\tilde{\omega}$ $\delta\grave{\varepsilon}$ $\mu\varepsilon\gamma\acute{\iota}\sigma\tau\omega$ $\mu\varepsilon\gamma\acute{\varepsilon}\vartheta\varepsilon\iota$ $\tau\grave{o}\nu$ $\alpha\dot{\upsilon}\tau\grave{o}\nu$ $\ddot{\varepsilon}\sigma\tau\iota$ $\tau\varepsilon$-
$\tau\mu\tilde{\eta}\sigma\vartheta\alpha\iota$ $\lambda\acute{o}\gamma o\nu$ $\dot{o}\pi\eta\lambda\iota\varkappa o\nuo\tilde{\upsilon}\nu$ $\mu\acute{\varepsilon}\gamma\varepsilon\vartheta o\varsigma$ $\ddot{\varepsilon}\tau\varepsilon\rho o\nu$.

[7]) Wie eben vorhin gezeigt.

[8]) Phys. 207b 33: $\ddot{\omega}\sigma\tau\varepsilon$ $\pi\rho\grave{o}\varsigma$ $\mu\grave{\varepsilon}\nu$ $\tau\grave{o}$ $\delta\varepsilon\tilde{\iota}\xi\alpha\iota$ $\dot{\varepsilon}\varkappa\varepsilon\acute{\iota}\nuo\iota\varsigma$ $o\dot{\upsilon}\delta\grave{\varepsilon}\nu$ $\delta\iotao\acute{\iota}\sigma\varepsilon\iota$,
$\tau\grave{o}$ δ' $\varepsilon\tilde{\iota}\nu\alpha\iota$ $\dot{\varepsilon}\nu$ $\tauo\tilde{\iota}\varsigma$ $o\tilde{\upsilon}\sigma\iota\nu$ $\ddot{\varepsilon}\sigma\tau\alpha\iota$ $\mu\varepsilon\gamma\acute{\varepsilon}\vartheta\varepsilon\sigma\iota\nu$.

[9]) vgl. dazu Simplicius p. 368b 26 ff. zu 207b 29 und besonders zu
de coel. 302b 29 p. 513b 19—21: $\tau\tilde{\omega}$ $\delta\grave{\varepsilon}$ $\pi o\sigma\tilde{\omega}$, $\ddot{o}\tau\iota$ $o\dot{\upsilon}\delta\varepsilon\nu\grave{\iota}$ $\dot{\alpha}\pi\varepsilon\acute{\iota}\rho\omega$ $\chi\rho\tilde{\omega}\nu\tau\alpha\iota$

Während es bei der Größe nicht nach der Zunahme hin, sondern nach der Teilung ins Unendliche geht,[1] ist es gerade umgekehrt bei der Zahl, welche wegen ihrer unendlichen Vermehrbarkeit[2] die Existenz eines Unendlichen notwendig erheischt. Bei dieser nämlich haben wir eine Grenze, ein Stillestehen nach dem Kleinsten hin, nämlich die nicht weiter mehr teilbare Eins[3]. Und aus mehreren, quantitativ vielen Einsen besteht ja jede Zahl[4]. In der Richtung aber nach dem Mehr geht es über jede Menge hinaus, denn man kann da immer noch denken[5], es gibt also keine größte Zahl. Der Grund davon liegt darin, daß die Zweiteilungen der Größe unendlich viele[6] sind, denn von dieser Zweiteilung[7] darf die Zahl nicht getrennt[8] werden. Das Unendliche ist also bei der Zahl der Zunahme nach aktuell. Aber die Unendlichkeit liegt nicht im Beharren, im Sein,

---

οὔτε εὐθείᾳ οὔτε ἐπιπέδῳ, ἐπειδάν τι δεικνύωσι, κἂν γὰρ ἄπειρον ὑποθῶνται, ἀλλ' ἀεὶ πεπερασμένον ἀφαιροῦντες χρῶνται.

[1] Phys. 207 b 3—5: ἐπὶ δὲ τῶν μεγεθῶν τοὐναντίον ἐπὶ μὲν τὸ ἔλαττον παντὸς ὑπερβάλλειν μεγέθους, ἐπὶ δὲ τὸ μεῖζον μὴ εἶναι μέγεθος ἄπειρον.

[2] Phys. 203 b 24: διὰ γὰρ τὸ ἐν τῇ νοήσει μὴ ὑπολείπειν καὶ ὁ ἀριθμὸς δοκεῖ ἄπειρος εἶναι und Phys. 206 a 11: καὶ ἀριθμὸς οὐκ ἔσται ἄπειρος.

[3] Phys. 207b 1: εὐλόγως δὲ καὶ τὸ ἐν μὲν τῷ ἀριθμῷ εἶναι ἐπὶ τὸ ἐλάχιστον πέρας . . . ibid 6: αἴτιον δ' ὅτι τὸ ἕν ἐστιν ἀδιαίρετον.

[4] 207b 7: ὁ δ' ἀριθμός ἐστιν ἕνα πλείω καὶ πόσ' ἄττα· ὥστ' ἀνάγκη στῆναι ἐπὶ τὸ ἀδιαίρετον.

[5] Phys. 207 b 2: . . . ἐπὶ δὲ τὸ πλεῖον ἀεὶ παντὸς ὑπερβάλλειν πλήθους . ibid 10: ἐπὶ δὲ τὸ πλεῖον ἀεὶ ἔστι νοῆσαι.

[6] Phys. 207b 10: ἄπειροι γὰρ αἱ διχοτομίαι τοῦ μεγέθους.

[7] Phys. 207 b 13.

[8] Es fällt hier, wie Prantl z. d. St. bemerkt, jedermann auf, daß, während doch von der Zahl die Rede sei, nun auf einmal die Zweiteilungen der Größe hereinkommen; es scheint dies folgenden Grund zu haben: „Die individuelle Einheit ist die begrifflich intensive, und ihr gegenüber steht das stofflich Körperliche, das Extensive als Quelle der Vielheit, so daß demnach dem Arist. die progressive Reihe der Zahlen wirklich aus der Extension der körperlichen Materialität, welche ins Unendliche geteilt werden kann, zu fließen scheint, der Art, daß der Mensch gleichsam hiedurch das stete Fortsetzen des Zählens gelernt habe; darum heißt es auch, daß dieses Zählen nicht getrennt werden könne von der fortgesetzten Teilung". Dagegen möchten wir folgende Erklärung versuchen: Die Zahl ist durch ihre Verbindung mit der Größe kontinuirlich gemacht. Der Begriff der Kontinuität nämlich ist, wie wir gleich zeigen werden, ja dem Unendlichen wesentlich. Sonst nämlich kommt den Einsen nur das Nächstfolgend, nicht auch das Berühren zu, wenn auch zwischen der Eins und Zwei nichts dazwischen liegt (Phys. 227a 20: . . . τὸ ἐφεξῆς ἐστίν, οἷον ἐν ἀριθμοῖς, ἁφὴ δ' οὐκ ἔστιν; ibid 30: . . . ταῖς δὲ μονάσι (sc. ὑπάρχει) τὸ ἐφεξῆς; ibid 32: οὐδὲν γὰρ μεταξὺ δυάδος καὶ μονάδος). Daß auch sonst Zahl und Größe bei A. in engste Verbindung gebracht sind, zeigt z. B. auch Phys. 263a 8—10: Wenn man die unendlich vielen Hälften der Größe gezählt habe, habe man eine unendliche Zahl gezählt; zeigt die Definition der Zeit als Zahl der Bewegung; Bewegung aber findet nur an Größe statt; erhellt auch aus Problem 25, Sectio V. p. 883b 5: ἢ ὅτι τὸ εἰδέναι πόση (sc. ὁδός), τὸ εἰδέναι ἐστὶ τὸν ἀριθμὸν αὐτοῦ u. a. St.

sondern im Werden. ¹) Und dieses Werden dürfen wir als eine
Aktualität bezeichnen, von einer aktuell existierenden unendlichen Menge ²)
aber können wir nicht reden. Denn es gibt keine fertige unendliche
Zahl. Diesen Gedanken finden wir in der Polemik des A. gegen die
Idealzahlen ³) ausdrücklich betont. Diejenigen, sagt A., welche die
Zahlen als für sich bestehende Substanzen betrachten, können der Frage
nicht entgehen, ob denn diese Zahlen begrenzt oder unbegrenzt seien.
Wir ziehen bloß den letztern Fall in Betracht. Da jede Zahl, welche
entsteht, immer entweder gerade oder ungerade sein muß — wie ist
es da mit der unendlichen Zahl? Sie ist weder gerade noch un=
gerade, ⁴) also kann es keine aktuell unendliche Zahl geben. Auch
müßte die unendliche Zahl, — wir wollen diesen gegen die Ideal=
zahlen gerichteten Grund noch anführen — weil die Zahlen Ideen
sind, auch Idee von etwas sein, entweder eines sinnlich Wahrnehm=
baren oder von sonst etwas. Wie aber ist dies möglich? Es gibt
ja nichts aktuell Unendliches.

Nachdem wir im Bisherigen das Unendliche überhaupt, wie es
potenziell und aktuell, das Unendliche der Zunahme (bei der Zahl),
sowie der Teilung nach (bei der Größe) durchgegangen und überall
gefunden haben, daß es etwas ist, mit dem man nie zu Ende kommt,
werden wir demselben Gedanken in der Polemik gegen diejenigen Philo=
sophen wieder begegnen, welche das Unendliche als etwas Ganzes be=
trachtet haben.

Ist unendlich das, ⁵) von dem immer ein Teil außer=
halb, und nicht das, außerhalb dessen nichts ist, versteht

---

¹) Phys. 207b 14: οὐδὲ μένει ἡ ἀπειρία, ἀλλὰ γίνεται. Vgl. dazu
p. 11 Anm. 7.

²) Wenn Gutberlet a. a. O. S. 18 sagt: „Von einer unendlichen Zahl zu
sprechen ist sehr inkorrekt, denn Zahl bedeutet eine bestimmte angebbare Menge
von Einheiten; man muß besser unendliche Menge sagen", so kann er sich
sowohl auf den Sprachgebrauch des Plato z. B. Theaet. 147 A u. 156 A;
Parmenides 132 B, 143 A u. 144 A u. s. w. als auch auf den des A. berufen,
wenn gleich bei A. sich Stellen wie de an. 409b 29, Phys. 263a 9: ἄπειρον
ἀριθμόν finden.

³) Met. 1084a 1—10.

⁴) Gutberlet a. a. O. S. 33 versucht diesen auch heute noch mit Grund gegen
eine aktuell unendliche Zahl gerichteten Einwand zu widerlegen, da sich keine Ab=
surdität ergebe, wenn sie gerade oder ungerade sei; man wisse aber weder das Eine
noch das Andere; die unendliche Zahl stehe über allen endlichen Zahlen, brauche
also weder in der Klasse der geraden noch ungeraden Zahl zu stehen. Aber
eben diesen letzten Punkt bestreiten wir. Woraus besteht die endliche Zahl?
aus Einheiten. Und die unendliche? Ebenfalls aus solchen. Also gehört sie
jedenfalls derselben Gattung an, muß das jeder Zahl Wesentliche teilen, daß
sie gerade oder ungerade ist. Und eben weil man das bei der unendlichen Zahl
nicht wüßte, ob sie gerade oder ungerade, deshalb ist sie unmöglich.

⁵) Phys. 207a 7—9: ἄπειρον μὲν οὖν ἐστὶν οὗ κατὰ ποσὸν λαμβάνουσιν
ἀεί τι λαβεῖν ἔστιν ἔξω. οὗ δὲ μηδὲν ἔξω, τοῦτ' ἐστὶ τέλειον καὶ ὅλον.
Man beachte die pointierte Weise, wie sich A. hier ausspricht, worauf Euken
a. a. O. S. 7 sehr schön und fein aufmerksam macht.

man vielmehr unter Letzterem das, was ganz und vollkommen [1]) ist, wovon nichts Wesentliches fehlt, so sieht man leicht ein, die beiden Begriffe lassen sich nicht in der Weise vereinigen, daß man das Unendliche ganz und vollkommen [2]) nennen könnte. Und in diesem Sinne heißt es: [3]) Die unendliche Linie gehört nicht zu den vollkommenen; denn dann müßte sie ja Grenze und Ende haben. Darum verdient Melissus [4]), welcher das Ganze unendlich nannte, eben so sehr Tadel, als alle diejenigen, welche das Unendliche, weil sie es ebenfalls fälschlich für ganz und vollkommen halten, als das „Alles [5]) Umfassende", „Alles in sich Schließende" preisen und erheben. Denn dem Unendlichen das Prädikat „Ganz" beilegen, das ist nicht so [6]), wie wenn man Faden an Faden reiht, — ohne Bild gesprochen — wenn man Gleichartiges mit Gleichartigem verbindet, sondern das heißt Begriffe verknüpfen, welche sich nie vertragen können. Allen diesen muß entgegen gehalten werden: Das Unendliche ist nur der Stoff zur Vollendung der Größe, es ist bloß der Potenz nach ganz, nicht aber der Aktualität [7]). Und eben weil es nicht ganz, weil es nie fertig ist,

[1]) Phys. 207a 9—14: Ganz und vollkommen ist dasselbe oder wenigstens seiner Natur nach nahe verwandt. Vollkommen ist nichts, was kein Ende hat. Ende aber ist Grenze. Wir sprechen sowohl beim Einzelnen von „Ganz", z. B. sagen wir: die Kiste ist ganz, weil nichts Wesentliches (nicht jedes Beliebige darf fehlen) fehlt, als auch allgemein: Ganz ist, außerhalb dessen kein Teil ist.

[2]) Zu demselben Resultate führt nachstehender Schluß: Wenn das Unendliche etwas Werdendes ist, das Werdende aber überhaupt als unvollkommen erscheint (Phys. 261a 13), so leuchtet von selbst ein, daß das Unendliche nicht vollkommen sein kann.

[3]) de coelo 269a 21: οὔτε γὰρ ἡ ἄπειρος (τῶν τελείων) (ἔχοι γὰρ ἂν πέρας καὶ τέλος).

[4]) cf. p. 6 Anm. 1.

[5]) Phys. 207a 20: τὸ πάντα περιέχειν καὶ τὸ πᾶν ἐν αὑτῷ ἔχειν.

[6]) Phys. 207a 17: οὐ γὰρ λίνον λίνῳ συνάπτειν ἔστι τῷ ἅπαντι καὶ ὅλῳ τὸ ἄπειρον.

[7]) Phys. 207a 21—24: ἔστι γὰρ τὸ ἄπειρον τῆς τοῦ μεγέθους τελειότητος ὕλη καὶ τὸ δυνάμει ὅλον, ἐντελεχείᾳ δ’ οὔ, διαιρετὸν ἐπί τε τὴν καθαίρεσιν καὶ τὴν ἀντεστραμμένην πρόσθεσιν, ὅλον δὲ καὶ πεπερασμένον οὐ καθ’ αὑτό, ἀλλὰ κατ’ ἄλλο . . . . Wir können an dieser Stelle nicht vorbeigehen ohne einige kritische und sachliche Bemerkungen. An den Worten διαιρετὸν — πρόσθεσιν nehmen wir Anstoß, einmal, weil διαιρετὸν ἐπὶ τὴν καθαίρεσιν eine einfältige Tautologie enthält: teilbar in der Richtung der Teilung; denn καθαίρεσις und διαίρεσις bedeuten bei A. dasselbe; zweitens ist uns διαιρετὸν τὴν ἀντεστραμμένην πρόσθεσιν unverständlich (denn, daß διαιρετὸν zu τὴν ἀντ. προςθ. zu beziehen, zeigt schon die enge Verbindung τε-καὶ und Weglassung des ἐπὶ vor dem 2. Gliede), da wir bisher nur von dem Unendlichen hörten, das in umgekehrter Hinzufügung erscheine. Jedenfalls wäre διαιρετὸν zu tilgen und ἄπειρον als Subjekt herabzudenken, was nicht ohne sprachliche Härte. Aber was soll diese Bemerkung hier, wo gegen jene polemifiert wird, welche das Unendliche als etwas Ganzes bezeichneten? Es ist eine ganz platte Interpolation. Auch die folgenden Worte ὅλον — ἄλλο scheinen nichts anderes als eine unpassende Wiederholung aus 206 b 15 zu sein. Zeller: Plat. Stud. 218 sagt die behandelte Stelle umschreibend: „Die zwei Seiten, welche sich an ihm unterscheiden lassen, sind die

deshalb umfaßt [1]) es nicht, sondern wird umfaßt. Denn als Stoff wird das Unendliche innerhalb umschlossen, [2]) das Umfassende aber ist die Form. Es ist darum auch unerkennbar, [3]) weil es keinen Abschluß hat, wie auch der Stoff ohne Form nicht erkannt wird. Und insofern also das Unendliche kein Ganzes ist, ist es Teil, [4]) ähnlich dem Stoffe, der einen Teil des Ganzen bildet. Glaubt man jedoch, das Unendliche zum Umfassenden machen zu dürfen und dabei Plato als Autorität anführen zu können, so legt man dessen Worte sehr oberflächlich [5]) aus. Denn so wenig Plato das Unendliche im Gebiete des Denkbaren zum Umfassenden macht, ebenso wenig läßt er es das sinnlich Wahrnehmbare [6]) umfassen. Müßte er doch, wenn er das Denkbare vom Unendlichen umfaßt werden ließe, zu dem ebenso paradoxen [7]) als einfältigen Ausspruche kommen: Das Unerkennbare und Unbestimmbare (denn so ist das Unendliche) ist umfassend und be-

---

Verminderung und die Vermehrung", und fährt dann fort: „Das Unendliche ist weder actu noch potentia infinitum, wohl aber, sowohl was die Hinzufügung als was die Teilung betrifft, indefinitum. Da A. nirgends sagt, daß das Un. von Plato in einem andern Sinn genommen werde, als von ihm selbst, vielmehr die Platonische Ansicht ausdrücklich mit seiner eigenen Erörterung über dasselbe in Verbindung setzt, so sind wir berechtigt, das, was er hier in eigenem Namen über das $\check{\alpha}\pi\epsilon\iota\varrho o\nu$ sagt, auch auf dasjenige überzutragen, welches Plato ihm zufolge angenommen hat . . ." Hiegegen kurz: Plato nimmt Zunahme ins Unendliche an; A. erklärt dies nicht einmal für möglich! A. lehrt ein potenziell Unendliches, aber kein Unbestimmtes (indefinitum).

[1]) Phys. 207a 25: $\varkappa\alpha\grave{\iota}$ $o\grave{v}$ $\pi\epsilon\varrho\iota\acute{\epsilon}\chi\epsilon\iota$, $\grave{\alpha}\lambda\lambda\grave{\alpha}$ $\pi\epsilon\varrho\iota\acute{\epsilon}\chi\epsilon\tau\alpha\iota$, $\mathring{\eta}$ $\check{\alpha}\pi\epsilon\iota\varrho o\nu$.

[2]) Phys. 207 b 1.

[3]) Phys. 207a 25—26: $\delta\iota\grave{o}$ $\varkappa\alpha\grave{\iota}$ $\check{\alpha}\gamma\nu\omega\sigma\tau o\nu$ $\mathring{\eta}$ $\check{\alpha}\pi\epsilon\iota\varrho o\nu$ · $\epsilon\check{\iota}\delta o\varsigma$ $\gamma\grave{\alpha}\varrho$ $o\grave{v}\varkappa$ $\check{\epsilon}\chi\epsilon\iota$ $\mathring{\eta}$ $\mathring{v}\lambda\eta$.

[4]) Phys. 207a 26—27: $\mathring{\omega}\sigma\tau\epsilon$ $\varphi\alpha\nu\epsilon\varrho\acute{o}\nu$, $\mathring{o}\tau\iota$ $\mu\tilde{\alpha}\lambda\lambda o\nu$ $\grave{\epsilon}\nu$ $\mu o\varrho\acute{\iota}o\nu$ $\lambda\acute{o}\gamma\omega$ $\tau\grave{o}$ $\check{\alpha}\pi\epsilon\iota\varrho o\nu$ $\mathring{\eta}$ $\grave{\epsilon}\nu$ $\mathring{o}\lambda o\nu$ · $\mu\acute{o}\varrho\iota o\nu$ $\gamma\grave{\alpha}\varrho$ $\mathring{\eta}$ $\mathring{v}\lambda\eta$ $\tau o\tilde{v}$ $\mathring{o}\lambda o\nu$ $\mathring{\omega}\sigma\pi\epsilon\varrho$ $\mathring{o}$ $\chi\alpha\lambda\varkappa\grave{o}\varsigma$ $\tau o\tilde{v}$ $\chi\alpha\lambda\varkappa o\tilde{v}$ $\grave{\alpha}\nu\delta\varrho\iota\acute{\alpha}\nu\tau o\varsigma$.

[5]) Simplicius p. 368a 29 z. d. St. 207a 29: $\tau\grave{\eta}\nu$ $\grave{\epsilon}\pi\iota\pi\acute{o}\lambda\alpha\iota o\nu$ $\grave{\epsilon}\varkappa\delta o\chi\grave{\eta}\nu$ $\grave{\epsilon}\lambda\acute{\epsilon}\gamma\chi\epsilon\iota$ $\tau\tilde{\omega}\nu$ $\tau o\tilde{v}$ $\Pi\lambda\acute{\alpha}\tau\omega\nu o\varsigma$ $\lambda\acute{o}\gamma\omega\nu$.

[6]) Bonitz, Verh. d. Wiener Ak. hist.=phil. Kl. 1862, Bd. 39, S. 204 bemerkt zu dem Satze (Phys. 207a 29—32): „$\grave{\epsilon}\pi\epsilon\grave{\iota}$ $\epsilon\check{\iota}$ $\gamma\epsilon$ $\pi\epsilon\varrho\iota\acute{\epsilon}\chi\epsilon\iota$ $\grave{\epsilon}\nu$ $\tau o\tilde{\iota}\varsigma$ $\alpha\grave{\iota}\sigma\vartheta\eta\tau o\tilde{\iota}\varsigma$ $\varkappa\alpha\grave{\iota}$ $\grave{\epsilon}\nu$ $\tau o\tilde{\iota}\varsigma$ $\nu o\eta\tau o\tilde{\iota}\varsigma$ $\tau\grave{o}$ $\mu\acute{\epsilon}\gamma\alpha$ $\varkappa\alpha\grave{\iota}$ $\tau\grave{o}$ $\mu\iota\varkappa\varrho\acute{o}\nu$, $\check{\epsilon}\delta\epsilon\iota$ $\pi\epsilon\varrho\iota\acute{\epsilon}\chi\epsilon\iota\nu$ $\tau\grave{\alpha}$ $\nu o\eta\tau\acute{\alpha}$" A. verwende hier, wie häufig, Sätze anderer Philosophen, die einen gewissen Vergleichungspunkt darbieten, zur Bestätigung seiner eigenen Lehren. Unter dem $\mu\acute{\epsilon}\gamma\alpha$ $\varkappa\alpha\grave{\iota}$ $\mu\iota\varkappa\varrho\grave{o}\nu$ Platos sei das der Vermehrung und Verminderung unbedingt Fähige, also das $\check{\alpha}\pi\epsilon\iota\varrho o\nu$ verstanden (206b 27). Indem Plato das $\mu\acute{\epsilon}\gamma\alpha$ $\varkappa\alpha\grave{\iota}$ $\mu\iota\varkappa\varrho\grave{o}\nu$ zum Stoffe auch der Ideen mache (Met. 987b 20), schreibe er ihm im Gebiete der $\nu o\eta\tau\grave{\alpha}$ ein $\pi\epsilon\varrho\iota\acute{\epsilon}\chi\epsilon\sigma\vartheta\alpha\iota$ zu, nicht ein $\pi\epsilon\varrho\iota\acute{\epsilon}\chi\epsilon\iota\nu$; wir dürfen daraus den Schluß ziehen aufs gleiche Verhältnis im Gebiete des sinnlich Wahrnehmbaren; denn: $\grave{\epsilon}\pi\epsilon\grave{\iota}$ $\epsilon\check{\iota}$ $\gamma\epsilon$ $\pi\epsilon\varrho\iota\acute{\epsilon}\chi\epsilon\iota$ $\grave{\epsilon}\nu$ $\tau o\tilde{\iota}\varsigma$ $\alpha\grave{\iota}\sigma\vartheta\eta\tau o\tilde{\iota}\varsigma$, $\varkappa\alpha\grave{\iota}$ $\grave{\epsilon}\nu$ $\tau o\tilde{\iota}\varsigma$ $\nu o\eta\tau o\tilde{\iota}\varsigma$ $\tau\grave{o}$ $\mu\acute{\epsilon}\gamma\alpha$ $\varkappa\alpha\grave{\iota}$ $\mu\iota\varkappa\varrho\grave{o}\nu$ $\check{\epsilon}\delta\epsilon\iota$ $\pi\epsilon\varrho\iota\acute{\epsilon}\chi\epsilon\iota\nu$ $\tau\grave{\alpha}$ $\nu o\eta\tau\acute{\alpha}$: So haben einstimmig die alten Erklärer diese Stelle verstanden. Wir erklären uns mit dieser Interpunktion und Auffassung einverstanden — auch Prantl in seiner neuesten Ausgabe teilt die Ansicht von Bonitz.

[7]) Phys. 207a 31.—32: $\check{\alpha}\tau o\pi o\nu$ $\delta\grave{\epsilon}$ $\varkappa\alpha\grave{\iota}$ $\grave{\alpha}\delta\acute{v}\nu\alpha\tau o\nu$ $\tau\grave{o}$ $\check{\alpha}\gamma\nu\omega\sigma\tau o\nu$ $\varkappa\alpha\grave{\iota}$ $\tau\grave{o}$ $\grave{\alpha}\acute{o}\varrho\iota\sigma\tau o\nu$ $\pi\epsilon\varrho\iota\acute{\epsilon}\chi\epsilon\iota\nu$ $\varkappa\alpha\grave{\iota}$ $\acute{o}\varrho\acute{\iota}\zeta\epsilon\iota\nu$.

ſtimmend. Alle nun [1]), welche das Unendliche annehmen, gebrauchen es als Stoff; häufig aber verfielen ſie, weil ſie, mit gänzlicher Verkennung des Begriffes „unendlich", das Unendliche als etwas Ganzes anſahen, in den Fehler, es zum Umfaſſenden und nicht vielmehr zum Umfaßten zu machen. Wollen wir, ſagt A., ihr Unendliches bei unſerer Vierteilung der Urſachen unterbringen, ſo wird es eine ſtoffliche Urſache ſein. Eine ſcharfe Beſtimmung aber des Weſens dieſer Urſache hätte die Verfechter der Ganzheit des Unendlichen leicht von ihrer Anſicht abbringen können. Denn was iſt dieſes Unendliche? [2]) Sein Weſen iſt Beraubung, und das an und für ſich zu Grunde Liegende iſt das Kontinuirliche und ſinnlich Wahrnehmbare. Dieſes aber iſt ſtets der Form, des Abſchluſſes beraubt; denn die Beraubung, welche ſonſt an dem Stoffe nur ein zufälliges Merkmal iſt, kommt ihm beim Unendlichen weſentlich zu, d. h. das ſinnlich wahrnehmbare Kontinuirliche [3]) verwirklicht ſich nur im Werden, hat aber kein abgeſchloſſenes, vollendetes Sein. Wie konnte es ihnen daher ein Ganzes und darum umfaſſend ſein?

Bei dieſer Gelegenheit müſſen wir, was Zeller II, 2, 322 ſagt, umſomehr berückſichtigen, als wir damit nicht gehen zu ſollen glauben: „Er (nämlich der Stoff als ſolcher, die ſog. erſte Materie) iſt inſofern auch das Unbegrenzte oder Unendliche, nicht im räumlichen Sinn; (denn ein räumlich Unendliches gibt A., wie ſpäter gezeigt werden wird, nicht zu), ſondern in der weitern Bedeutung dieſes Begriffes, wornach er überhaupt das bezeichnet, was durch keine Formbeſtimmung begrenzt und befeſtigt, zu keinem Abſchluß und keiner Vollendung gelangt iſt." Dazu An. 2: „A. verſteht unter dem $\mathring{\alpha}\pi\epsilon\iota\rho o\nu$ zunächſt das räumlich Unbegrenzte und in dieſem Sinn unterſucht er dieſen Begriff in Phys. III, 4 ff. Indem er nun aber findet, daß es in der Wirklichkeit keinen unendlichen Raum geben könne, ſo fällt für ihn das Unbegrenzte ſchließlich mit dem $\mathring{\alpha}\acute{o}\rho\iota\sigma\tau o\nu$ oder der $\mathring{v}\lambda\eta$ zuſammen."

---

[1]) Phys. 208a 2—4: $\varphi\alpha\acute{\iota}\nu o\nu\tau\alpha\iota\ \delta\grave{\epsilon}\ \pi\acute{\alpha}\nu\tau\epsilon\varsigma\ \varkappa\alpha\grave{\iota}\ o\acute{\iota}\ \mathring{\alpha}\lambda\lambda o\iota\ \mathring{\omega}\varsigma\ \mathring{v}\lambda\eta\ \chi\rho\acute{\omega}$-$\mu\epsilon\nu o\iota\ \tau\mathring{\omega}\ \mathring{\alpha}\pi\epsilon\acute{\iota}\rho\omega\cdot\ \delta\iota\grave{o}\ \varkappa\alpha\grave{\iota}\ \mathring{\alpha}\tau o\pi o\nu\ \tau\grave{o}\ \pi\epsilon\rho\iota\acute{\epsilon}\chi o\nu\ \pi o\iota\epsilon\tilde{\iota}\nu\ \alpha\mathring{v}\tau\acute{o},\ \mathring{\alpha}\lambda\lambda\grave{\alpha}\ \mu\grave{\eta}\ \pi\epsilon\rho\iota$-$\epsilon\chi\acute{o}\mu\epsilon\nu o\nu$.

[2]) Phys. 207 b 34 — 208a 1: $\mathring{\epsilon}\pi\epsilon\grave{\iota}\ \delta\grave{\epsilon}\ \tau\grave{\alpha}\ \alpha\mathring{\iota}\tau\iota\alpha\ \delta\iota\acute{\eta}\rho\eta\tau\alpha\iota\ \tau\epsilon\tau\rho\alpha\chi\tilde{\omega}\varsigma,$ $\varphi\alpha\nu\epsilon\rho\grave{o}\nu\ \mathring{o}\tau\iota\ \mathring{\omega}\varsigma\ \mathring{v}\lambda\eta\ \tau\grave{o}\ \mathring{\alpha}\pi\epsilon\iota\rho\acute{o}\nu\ \mathring{\epsilon}\sigma\tau\iota\nu\ \alpha\mathring{\iota}\tau\iota o\nu\ \varkappa\alpha\grave{\iota}\ \mathring{o}\tau\iota\ \tau\grave{o}\ \mu\grave{\epsilon}\nu\ \epsilon\mathring{\iota}\nu\alpha\iota\ \alpha\mathring{v}\tau\tilde{\omega}$ $\sigma\tau\acute{\epsilon}\rho\eta\sigma\iota\varsigma,\ \tau\grave{o}\ \delta\grave{\epsilon}\ \varkappa\alpha\vartheta'\ \alpha\mathring{v}\tau\grave{o}\ \mathring{v}\pi o\varkappa\epsilon\acute{\iota}\mu\epsilon\nu o\nu\ \tau\grave{o}\ \sigma\upsilon\nu\epsilon\chi\grave{\epsilon}\varsigma\ \varkappa\alpha\grave{\iota}\ \alpha\mathring{\iota}\sigma\vartheta\eta\tau\acute{o}\nu$.

[3]) An und für ſich zu Grunde liegend heißt das Kontinuirliche beim Unendlichen. Und in der That iſt das Kontinuirliche dem Unendlichen weſentlich. Darum wird die Zahl nicht von der Zweiteilung der Größe getrennt, um ihr die Kontinuität zu wahren. Bei der unendlichen Bewegung und Zeit iſt das Kontinuirliche ohnehin klar. Will ferner der Zuſatz $\mathring{\omega}\sigma\tau\epsilon\ \mu\grave{\eta}\ \mathring{\epsilon}\pi\iota\lambda\epsilon\acute{\iota}\pi\epsilon\iota\nu$ (Phys. 206b 2—3) in dem Satze: $\mathring{\alpha}\lambda\lambda'\ \mathring{\epsilon}\nu\ \mu\grave{\epsilon}\nu\ \tau o\tilde{\iota}\varsigma\ \mu\epsilon\gamma\acute{\epsilon}\vartheta\epsilon\sigma\iota\nu\ \mathring{v}\pi o\mu\acute{\epsilon}\nu o\nu\tau o\varsigma$ $\tau o\tilde{v}\ \lambda\eta\varphi\vartheta\acute{\epsilon}\nu\tau o\varsigma\ \tau o\tilde{v}\tau o\ \sigma\upsilon\mu\beta\alpha\acute{\iota}\nu\epsilon\iota,\ \mathring{\epsilon}\pi\grave{\iota}\ \delta\grave{\epsilon}\ \tau o\tilde{v}\ \chi\rho\acute{o}\nu o\upsilon\ \varkappa\alpha\grave{\iota}\ \tau\tilde{\omega}\nu\ \mathring{\alpha}\nu\vartheta\rho\acute{\omega}\pi\omega\nu$ $\varphi\vartheta\epsilon\iota\rho o\mu\acute{\epsilon}\nu\omega\nu\ o\mathring{v}\tau\omega\varsigma\ \mathring{\omega}\sigma\tau\epsilon\ \mu\grave{\eta}\ \mathring{\epsilon}\pi\iota\lambda\epsilon\acute{\iota}\pi\epsilon\iota\nu$ etwas Anderes als eben das Kontinuirliche ($\sigma\upsilon\nu\epsilon\chi\tilde{\omega}\varsigma$) bei der Unendlichkeit des Menſchengeſchlechtes bezeichnen? Auch der Tadel, welcher Phys. 203 a 22 den Anaxagoras trifft, daß bei unendlich vielen Elementen das Unendliche nur durch Berührung kontinuirlich ſei, ſpricht für unſere Beobachtung, dem Unendlichen eigne das Kontinuirliche mit Notwendigkeit.

Daß der erste Stoff als das Unbegrenzte bezeichnet werde, weil er der Form entbehrt ¹) oder, wie wir beifügen, die Möglichkeit zu unendlich Vielem hat, geben wir gerne zu. Daß aber umgekehrt das Unbegrenzte mit dem Stoff, worunter dem ganzen Zusammenhang nach bei Zeller die sogenannte erste Materie gemeint ist, zusammenfalle, davon können wir uns nicht überzeugen. Und am allerwenigsten darf, wenn diese Gleichstellung des Unendlichen mit der reinen Möglichkeit belegt werden soll, dafür Phys. 207 b 34—35 — 208 a 1—2: *ἐπεὶ δὲ τὰ αἴτια διῄρηται τετραχῶς, φανερὸν ὅτι ὡς ὕλη τὸ ἄπειρόν ἐστιν αἴτιον, καὶ ὅτι τὸ μὲν εἶναι αὐτῷ στέρησις, τό δὲ καθ' αὐτὸ ὑποκείμενον τὸ συνεχὲς καὶ αἰσθητόν*, angeführt werden. Denn gerade diese Stelle beweist, daß wir es nicht mit der sogenannten ersten Materie zu thun haben, sondern daß diese Materie schon qualifiziert ist, daß demnach Prantl richtig z. b. St. bemerkt: „Das Unbegrenzte also ist die nicht eingetretene Aktualität (oder der Stillstand dieser Aktualität) in der progressiven Verwirklichung des sinnlich wahrnehmbaren Kontinuirlichen. Das Kontinuirliche als solches fällt unter die Kategorie der Quantität ²).“ — Wollen wir noch eine ausdrückliche Bestätigung für unsere Auffassung, so bietet eine solche Thomas von Aquin ³), welcher geradezu davor warnt, hier an die sogenannte erste Materie zu denken.

---

¹) Daß das *ἄπειρον* ben Sinn von „unvollendet“, „unbestimmt“ habe, beweist die Entgegensetzung desselben mit *ὡρισμένον* z. B. Probleme, Sectio XXX, p. 955 n 4 b 13: .... *καὶ πλέον ἀεὶ τὸ ἄπειρον τοῦ ὡρισμένου.* und zeigt der Schluß von Kapitel 6 Phys. 207a 25 ff.

²) Mußte schon die Begriffsbestimmung des Unendlichen zeigen, daß Melissus mit Unrecht das Ganze unendlich nannte, so wird er eben auf Grund der Bemerkung, daß das Unendliche zum Quantitativen gehöre, auf einen Widerspruch hingewiesen, welchen er sich gegenüber einem Hauptgrundsatze seiner Schule, nämlich der Einheit des Seins zu schulden kommen lasse, wenn er das Seiende unendlich fasse. Denn wenn das Seiende unendlich ist, so wird es quantitativ genommen. Das Unendliche ist ja quantitativ; der Begriff desselben erheischt den der Quantität, aber nicht den des Wesens und der Qualität; letzteres könnte sich nur zufällig treffen. Das Seiende ist also als Eins Wesen und als unendlich quantitativ. Wenn es aber Wesen und Quantität ist, so ist es nicht mehr Eins, sondern zwei. Ist aber das Seiende blos Wesen, also Eins, so darf Melissus es nicht für unendlich erklären. Denn sonst wäre es ja wiederum quantitativ. Also muß Melissus entweder die Einheit des Seins im Gegensatz zu seiner Schule aufgeben oder seine Grille, das Seiende unendlich zu nennen. Phys. 185a 32 ff. b 1—5.

³) z. b. St. l. XII: ...... Et ne aliquis intelligat, quod infinitum est materia sicut materia prima, subiungit, quod per se subiectum privationis, quae constituit rationem infiniti, est continuum sensibile. — Et hoc apparet, quia infinitum (quod est in numeris) causatur ex infinita divisione magnitudinis: et similiter infinitum in tempore et motu causatur ex magnitudine, unde relinquitur, quod primum subiectum infiniti sit continuum. Die letzten Worte mögen eine weitere Rechtfertigung unserer Ansicht sein, die Zahl werde deshalb in Verbindung mit der Größe gesetzt, damit ihr die Kontinuität beigelegt werden könne.

Doch das wird man uns nicht gelten laffen und uns mit unferer eigenen Polemik gegen Zeller abfertigen, da wir ja auf ein räumlich Unendliches hinauskommen, den A. also ein der Zunahme nach Unendliches lehren laffen. Diefer mehr Verlegenheit als Schwierigkeit bereitende Einwurf ift eigentlich schon dadurch gegenstandslos, daß wir den Schluß des 7. Kapitels von 207 b 34 an mit dem Schluß von Kapitel 6 in Verbindung brachten aus dem einfachen Grunde, weil die Schlußworte von Kapitel 7 wie das 6. Kapitel von 207 a an gegen die gerichtet find, welche das Unendliche als ganz bezeichneten. Ja, wenn wir irgend einen äußern Anhaltspunkt hätten, würden wir kein Bedenken tragen, die Worte ἐπεὶ δὲ τὰ αἴτια — ἀλλὰ μὴ περιεχόμενον, welche an ihrer jetzigen Stelle in gar keiner Verbindung ftehen [1]), an den Schluß des 6. Kapitels zu fetzen, wohin fie dem Gedanken nach gezogen werden müffen. Aus diefer innern nicht abzuleugnenden Verbindung also geht uns deutlich hervor, daß der Schluß des 7. Kapitels und befonders die Beftimmung des Unendlichen als Urfache nur dann richtig verftanden werden können, wenn fie als polemifch gefaßt werden. A. fagt: „Ihr faßt das Unendliche als Stoff. Gut. Darin ftimme ich bei, aber wenn ihr jemals die Natur diefes Stoffes recht betrachtet hättet, wie hätte es euch einfallen können, ihn zu einem Ganzen, zum Umfaffenden zu ftempeln? Indem A. den frühern Philofophen, welche fich des gerügten Fehlers fchuldig machten, zumutet, feine eigene Begriffsbeftimmung des Unendlichen als Prüfftein ihrer Auffaffung zu gebrauchen, zeigt er fo die Haltlofigkeit der Annahme, das Unendliche fei ganz. Ob er dabei feinen Vorgängern, einem Anaximander u. a. gerecht wird, können wir bei unfern Begriffen von unparteiifcher Kritik kaum bejahen, ohne daß wir es deshalb wagten, den A. abfichtlicher Verkennung der Lehren anderer zu zeihen [2]).

Anders ift das Unendliche bei der Zeit und den Menfchen als bei der Größe. Diefe Bemerkung des A. möge uns zur Behandlung der Unendlichkeit der Zeit und der Menfchen überleiten. Was begründet, fragen wir zunächft, den wefentlichen Unterfchied der Unendlichkeit der Größe und der beiden genannten Unendlichkeiten? Einfach [3]) der Umftand, daß bei der Größe das

---

[1]) Zu unferer Freude finden wir nachträglich eine Beftätigung unferer Anficht in Brandis (Handbuch der griech.=römifch. Philofoph. II. Abtlg. 2. S. 796), welcher fagt: „Auch in diefem pofitiven Teile der Abhandlung vom Unendlichen wird man eine der Abficht entfprechende Entwicklung kaum mehr als an Einer Stelle vermiffen“ und dazu anmerkt „nur der Abfatz φανερὸν ὡς ὕλη τὸ ἄπειρον ἐστὶν αἴτιον καὶ ὅτι τὸ μὲν εἶναι αὐτῷ στέρησις möchte eine paffendere Stelle haben finden können.“

[2]) Phys. 206 a 25—27: ἄλλως δ' ἔν τε τῷ χρόνῳ δῆλον τὸ ἄπειρον καὶ ἐπὶ τῶν ἀνθρώπων καὶ ἐπὶ τῆς διαιρέσεως τῶν μεγεθῶν.

[3]) Phys. 206 b 1—3: ἀλλ' ἐν μὲν τοῖς μεγέθεσιν ὑπομένοντος τοῦ ληφθέντος τοῦτο συμβαίνει, ἐπὶ δὲ τοῦ χρόνου καὶ τῶν ἀνθρώπων φθειρομένων οὕτως ὥστε μὴ ἐπιλείπειν.

jedesmal Genommene bestehen bleibt, bei Zeit und Menschen aber
immer vergeht. Die Unendlichkeit des Menschengeschlechtes
liegt also, wenn wir die bekannte Bestimmung des Unendlichen darauf
anwenden, darin, daß immer andere und wieder andere Menschen
werden, daß jedesmal die gerade Lebenden in begrenzter Anzahl vorhanden sind, und daß es immer so unaufhörlich fortgeht und zwar,
wenn wir dies antizipierend bemerken dürfen, nicht in gerader[1]) Linie
des Werdens, sondern in kreisförmiger, da bei den Menschen ein Zurückbeugen, freilich bloß der Art, nicht auch der Zahl nach stattfindet.

Die Unendlichkeit der Zeit ferner ergibt sich schon aus
ihrer Bestimmung. Es ist das Jetzt, welches die Kontinuität[2]) der
Zeit bewirkt und immer dasselbe ist, insofern es Vergangenheit und
Zukunft zusammenhält, das ferner, insofern es potenziell teilt, immer
ein anderes und wieder anderes ist. Fügen wir dazu noch, daß die
Zeit der Teilung nach unendlich heißt[3]), daß es der Größe nach keine
kleinste Zeit gibt[4]), so ist leicht einzusehen, warum der Zeit die Unendlichkeit eignet. Das Jetzt wird immer ein anderes und wieder
anderes, die einzelnen Jetzt aber sind immer begrenzt, vergehen, um
gleich wieder andern Platz zu machen.

Die Bestimmung, daß das jedesmal Genommene bei Zeit und
Menschen immer ein Begrenztes sei, bringt Philoponus[5]) in Verlegenheit. Wenn die Welt ewig sei, meint er, dann könne nicht jeder
Teil der unendlichen Zeit oder der Zahl der Menschen begrenzt sein.
Seine Versuche, diese vermeintliche Schwierigkeit zu lösen, übergehen
wir und bemerken einfach, daß der Scholiast fehlerhafter Weise Unendlichkeit und Ewigkeit der Zeit und der Menschen mit einander verwechselt.
Er vergißt, daß das Unendliche nichts Abgeschlossenes, sondern nur
etwas Werdendes ist. Aber wird man uns nicht denselben Fehler
vorwerfen, wenn wir in unserer Geschichte des Unendlichkeitsbegriffes
wiederholt „ewig“ durch „unendlich der Zeit nach“ erklärten und so
beide gleichstellten, als ob uns die Bemerkung[6]) des A. nicht bekannt

---

[1]) de generat. et corrupt. 338b 8 ff.

[2]) Phys. 220a 5: $\varkappa\alpha\grave{\iota}$ $\sigma\nu\nu\varepsilon\chi\acute{\eta}\varsigma$ $\tau\varepsilon$ $\delta\grave{\eta}$ $\acute{o}$ $\chi\varrho\acute{o}\nu o\varsigma$ $\tau\tilde{\wp}$ $\nu\tilde{\nu}\nu$ $\varkappa\alpha\grave{\iota}$ $\delta\iota\acute{\eta}\varrho\eta\tau\alpha\iota$ $\varkappa\alpha\tau\grave{\alpha}$ $\tau\grave{o}$ $\nu\tilde{\nu}\nu$; ibid. 222a 10—11: $\tau\grave{o}$ $\delta\grave{\varepsilon}$ $\nu\tilde{\nu}\nu$ $\dot{\varepsilon}\sigma\tau\grave{\iota}$ $\sigma\nu\nu\acute{\varepsilon}\chi\varepsilon\iota\alpha$ $\chi\varrho\acute{o}\nu o\nu$ . . . $\sigma\nu\nu\acute{\varepsilon}\chi\varepsilon\iota$ $\gamma\grave{\alpha}\varrho$ $\tau\grave{o}\nu$ $\chi\varrho\acute{o}\nu o\nu$ $\tau\grave{o}\nu$ $\pi\alpha\varrho\varepsilon\lambda\vartheta\acute{o}\nu\tau\alpha$ $\varkappa\alpha\grave{\iota}$ $\dot{\varepsilon}\sigma\acute{o}\mu\varepsilon\nu o\nu$ . . . ibid. 222a 14—15: $\delta\iota\alpha\iota\varrho\varepsilon\tilde{\iota}$ $\delta\grave{\varepsilon}$ $\delta\nu\nu\acute{\alpha}\mu\varepsilon\iota$. $\varkappa\alpha\grave{\iota}$ $\tilde{\tilde{\eta}}$ $\mu\grave{\varepsilon}\nu$ $\tauo\iota o\tilde{\nu}\tau o$, $\dot{\alpha}\varepsilon\grave{\iota}$ $\ddot{\varepsilon}\tau\varepsilon\varrho o\nu$ $\tau\grave{o}$ $\nu\tilde{\nu}\nu$, $\tilde{\tilde{\eta}}$ $\delta\grave{\varepsilon}$ $\sigma\nu\nu\delta\varepsilon\tilde{\iota}$, $\dot{\alpha}\varepsilon\grave{\iota}$ $\tau\grave{o}$ $\alpha\dot{\nu}\tau\acute{o}$ . . ibid. 219b 12—15: $\tau\grave{o}$ $\delta\grave{\varepsilon}$ $\nu\tilde{\nu}\nu$ $\ddot{\varepsilon}\sigma\tau\iota$ $\mu\grave{\varepsilon}\nu$ $\dot{\omega}\varsigma$ $\tau\grave{o}$ $\alpha\dot{\nu}\tau\acute{o}$, $\ddot{\varepsilon}\sigma\tau\iota$ δ' $\dot{\omega}\varsigma$ $o\dot{\nu}$ $\tau\grave{o}$ $\alpha\dot{\nu}\tau\acute{o}$ · $\tilde{\tilde{\eta}}$ $\mu\grave{\varepsilon}\nu$ $\gamma\grave{\alpha}\varrho$ $\dot{\varepsilon}\nu$ $\ddot{\alpha}\lambda\lambda\wp$ $\varkappa\alpha\grave{\iota}$ $\ddot{\alpha}\lambda\lambda\wp$, $\ddot{\varepsilon}\tau\varepsilon\varrho o\nu$ . . . $\tilde{\tilde{\eta}}$ $\delta\grave{\varepsilon}$ $\ddot{o}$ $\pi o\tau\varepsilon$ $\ddot{o}\nu$ $\dot{\varepsilon}\sigma\tau\iota$ $\tau\grave{o}$ $\nu\tilde{\nu}\nu$, $\tau\grave{o}$ $\alpha\dot{\nu}\tau\acute{o}$.

[3]) Phys. 233a 28: $\varkappa\alpha\grave{\iota}$ $\gamma\grave{\alpha}\varrho$ $\alpha\dot{\nu}\tau\grave{o}\varsigma$ $\acute{o}$ $\chi\varrho\acute{o}\nu o\varsigma$ $o\ddot{\nu}\tau\omega\varsigma$ (sc. $\varkappa\alpha\tau\grave{\alpha}$ $\delta\iota\alpha\acute{\iota}\varrho\varepsilon\sigma\iota\nu$) $\ddot{\alpha}\pi\varepsilon\iota\varrho o\varsigma$.

[4]) Phys. 220a 31—32: . . . $\acute{o}\mu o\acute{\iota}\omega\varsigma$ $\varkappa\alpha\grave{\iota}$ $\acute{o}$ $\chi\varrho\acute{o}\nu o\varsigma$ · $\dot{\varepsilon}\lambda\acute{\alpha}\chi\iota\sigma\tau o\varsigma$ $\gamma\grave{\alpha}\varrho$ $\varkappa\alpha\tau\grave{\alpha}$ $\mu\grave{\varepsilon}\nu$ $\dot{\alpha}\varrho\iota\vartheta\mu\acute{o}\nu$ $\dot{\varepsilon}\sigma\tau\iota\nu$ $\acute{o}$ $\varepsilon\grave{\iota}\varsigma$ $\ddot{\eta}$ $\delta\acute{\nu}o$, $\varkappa\alpha\tau\grave{\alpha}$ $\mu\acute{\varepsilon}\gamma\varepsilon\vartheta o\varsigma$ δ' $o\dot{\nu}\varkappa$ $\ddot{\varepsilon}\sigma\tau\iota\nu$.

[5]) p. 366b 40 ff. zu 206a 28.

[6]) Phys. 221b 3—7: $\ddot{\omega}\sigma\tau\varepsilon$ $\varphi\alpha\nu\varepsilon\varrho\grave{o}\nu$ $\ddot{o}\tau\iota$ $\tau\grave{\alpha}$ $\dot{\alpha}\varepsilon\grave{\iota}$ $\ddot{o}\nu\tau\alpha$, $\tilde{\tilde{\eta}}$ $\dot{\alpha}\varepsilon\grave{\iota}$ $\ddot{o}\nu\tau\alpha$, $o\dot{\nu}\varkappa$ $\ddot{\varepsilon}\sigma\tau\iota\nu$ $\dot{\varepsilon}\nu$ $\chi\varrho\acute{o}\nu\wp$ · $o\dot{\nu}$ $\gamma\grave{\alpha}\varrho$ $\pi\varepsilon\varrho\iota\acute{\varepsilon}\chi\varepsilon\tau\alpha\iota$ $\dot{\nu}\pi\grave{o}$ $\chi\varrho\acute{o}\nu o\nu$, $o\dot{\nu}\delta\grave{\varepsilon}$ $\mu\varepsilon\tau\varrho\varepsilon\tilde{\iota}\tau\alpha\iota$ $\tau\grave{o}$ $\varepsilon\tilde{\iota}\nu\alpha\iota$ $\alpha\dot{\nu}\tau\tilde{\omega}\nu$ $\dot{\nu}\pi\grave{o}$ $\tauo\tilde{\nu}$ $\chi\varrho\acute{o}\nu o\nu$ · $\sigma\eta\mu\varepsilon\tilde{\iota}o\nu$ $\delta\grave{\varepsilon}$ $\tauo\acute{\nu}\tauo\nu$ $\ddot{o}\tau\iota$ $o\dot{\nu}\delta\grave{\varepsilon}$ $\pi\acute{\alpha}\sigma\chi\varepsilon\iota$ $o\dot{\nu}\delta\grave{\varepsilon}\nu$ $\dot{\nu}\pi\grave{o}$ $\tauo\tilde{\nu}$ $\chi\varrho\acute{o}\nu o\nu$ $\dot{\omega}\varsigma$ $o\dot{\nu}\varkappa$ $\ddot{o}\nu\tau\alpha$ $\dot{\varepsilon}\nu$ $\chi\varrho\acute{o}\nu\wp$.

wäre, daß das immer Seiende, insoferne es immer seiend ist, nicht in der Zeit sei; denn es werde von ihr nicht umfaßt, sein Sein nicht von ihr gemessen, was der Umstand beweise, daß es keine Einwirkung von der Zeit erfahre. Hiegegen bemerken wir, daß z. B. die Kreisbewegung unendlich der Zeit nach[1] heißt, wofür dann wieder ewig gesagt wird, daß ferner A. da, wo er von der Ewigkeit der Welt handelt, unendliche Zeit[2] ebenfalls als ewig nimmt. Dies, sowie der Umstand, daß bei Behandlung des kosmologischen Problems immer die drei Unendlichkeiten des Raumes, der Zeit und der Masse betrachtet zu werden pflegen, mag es rechtfertigen, wenn wir unserer Aufgabe auch die Lehre von der Ewigkeit der Welt einverleiben zu müssen glauben. Doch zum Thema zurück!

In engster Verbindung mit der Zeit steht die Bewegung, ja ohne Bewegung gibt es gar keine Zeit[3], und schon die Definition der Zeit als Zahl der Bewegung ist eine Bestätigung dieser Behauptung. Diese nahe Beziehung der Zeit zur Bewegung läßt die Frage sehr natürlich erscheinen, ob auch die Bewegung unendlich sei. Aber welche ist unendlich, da ja die Bewegung als eine dreifache[4] erscheint, nämlich als qualitative Änderung, Ab- und Zunahme und Raumbewegung? Aufschluß hierüber kann uns jene Stelle geben, welche den A. überhaupt dazu veranlaßte, den Begriff des Unendlichen einer Untersuchung zu unterziehen. Die Bewegung, heißt es Phys. 200 b 16—20, scheint zum Kontinuirlichen zu gehören, in diesem aber erscheint das Unendliche als Erstes, weshalb auch viele bei der Definition des Kontinuirlichen das Unendliche hinzunehmen, weil das Kontinuirliche ins Unendliche teilbar ist. Was schließen wir daraus? Nur die Bewegung wird unendlich sein können, welche kontinuirlich ist.

Es ist[5] aber weder Werden und Vergehen noch qualitative

---

[1] Phys. 241b 19: οὐκ ἐνδέχεται ἄπειρον εἶναι, τῷ χρόνῳ πλὴν μιᾶς· αὕτη δ' ἐστὶν ἡ κύκλῳ φορά; de coelo 284a 9—10: ... ἄπαυστος οὖσα τὸν ἄπειρον χρόνον ibid. 288a 24: ... τῷ τε γὰρ χρόνῳ ἀΐδιος; de generat. et corr. 338a 18: ἐπεὶ ἀΐδιος καὶ ἄλλως ἐφάνη ἡ κύκλῳ κίνησις.

[2] Schon Bonitz im index Aristot. am Schluß des Artikels: ἄπειρον macht darauf aufmerksam. Stellen wir gleich hier die uns außerdem noch bekannten Stellen zusammen: Phys. 252 b 9: οὐδεμία ἀΐδιος μεταβολή ἀΐδιος = ἄπειρος wie Zusammenhang zeigt; ibid. 263a 3: ἐπὶ ἀΐδιον = ἐπ' ἄπειρον; ibid. 265a 24—25.

[3] Phys. 219a 1—2: ὅτι μὲν οὖν οὔτε κίνησις οὔτ' ἄνευ κινήσεως ὁ χρόνος ἐστί, φανερόν; de generat. et corr. 337a 23: εἴπερ ἀδύνατον χρόνον χωρὶς κινήσεως εἶναι.

[4] Phys. 260a 26—29.

[5] Phys. 261a 30 ff. Man beachte hier, wie auch das Werden und Vergehen unter den Bewegungen aufgezählt wird, während es kurz vorher 260a 26 nicht aufgeführt ist. A. versteht gewöhnlich unter Bewegung im weiteren Sinn die 3 eben bezeichneten (260a 26); Werden und Vergehen will er nicht als Bewegung gelten lassen. Zählt er Werden und Vergehen, qualitative Änderung, Zu- und Abnahme, Raumbewegung auf, so faßt er sie unter μεταβολή zusammen. Übrigens da κίνησις und μεταβολή sich sehr nahe gerückt

Änderung, so wenig als Zu= und Abnahme kontinuirlich. Denn alle Bewegungen und Veränderungen finden aus Gegensätzen in Gegensätze statt. Bei dem Werden aber ist Grenze das Seiende, bei dem Vergehen das Nichtseiende, bei der qualitativen Änderung sind Grenzen die entgegengesetzten Zustände, bei der Zu= und Abnahme bildet die Grenze die erreichte Größe oder Kleinheit, Vervollkommnung oder Unvollständigkeit. Es bleibt also nur noch die Raumbewegung übrig, welche in eine geradlinige und kreisförmige zerfällt. Zeigen wir, daß erstere nicht kontinuirlich ist, so wird sie auch nicht unendlich sein können; wir haben es dann nur mehr mit der Bewegung im Kreise zu thun.

Die [1]) geradlinige aber an einer begrenzten Größe sich vollziehende Bewegung ist nicht kontinuirlich. Denn sie beugt zurück; was aber in der geraden Linie zurückbeugt, wird in entgegengesetzten Bewegungen bewegt. Darum auch muß [2]) sie Halt machen; es kann also die Bewegung an der geraden Linie ins Unendliche nicht kontinuirlich sein. Das würde genügen, um der Unendlichkeit bei der geradlinigen Bewegung keinen Raum zu geben. Es wird aber noch ausdrücklich gezeigt, daß die geradlinige Bewegung nicht unendlich sei.

A. führt da, wo er die Unendlichkeit der Veränderung abweist, diesen Gedanken auch bei der geradlinigen Bewegung [3]) folgendermaßen aus, dabei aus den verschiedenen Bedeutungen des Unmöglichen die des rein Unmöglichen heraushebend: Wenn, wie es wirklich der Fall ist, das, was sich örtlich bewegt, nach etwas hin sich verändert, dann wird es auch die Möglichkeit haben, dieses zu thun. Eine unendliche Bewegung aber müßte nach dem Unendlichen hin sich ändern, was unmöglich, da man das Unendliche unter keiner Bedingung durch= wandern kann. Ganz derselbe Gedanke findet sich de coelo 311b 31—33. Und wie sagt doch A. Phys. 265a 17—20: In unendlicher gerader Linie ist keine Bewegung möglich; denn ein in diesem Sinne (aktuell) Unendliches gibt es nicht, und gesetzt auch, so würde nichts bewegt werden. Denn das Unmögliche geschieht nicht, das Unendliche aber zu durchwandern, ist unmöglich.

Gerade an den Elementen, welchen die Bewegung nach oben und unten als eine eigentümliche zukommt, weist A. nach, daß eine unend= liche geradlinige Bewegung unstatthaft erscheine.

Feuer [4]) und Erde können nicht ins Unendliche fortbewegt werden, sondern nur in Gegenüberliegendes. Es liegt aber örtlich das Oben dem Unten gegenüber, so daß dieses die Grenzen der Raumbewegung sind. Demnach muß die geradlinige Raumbewegung notwendig ein

---

sind (261a 33) und auch sonst oft für einander eintreten, so mag es weniger befremden, daß hier das Werden und Vergehen unter der Bewegung begriffen ist.

[1]) Phys. 261b 31—34.
[2]) Phys. 263a 1—3.
[3]) Phys. 241b 2—12.
[4]) de coelo 277a 21—33.

Ende haben und kann nicht ins Unendliche stattfinden. Auch der Um=
stand, daß die Erde, je näher sie dem Mittelpunkte ist, und das Feuer,
je weiter es nach oben kommt, schneller bewegt werden, ist ein Beweis
dafür, daß die Raumbewegung nicht ins Unendliche fortgehe. Wenn
es nämlich ein Unendliches gäbe, so müßte auch die Schnelligkeit und
die Schwere und Leichtigkeit unendlich sein. Denn wenn etwas durch
Schnelligkeit weiter nach unten kommt, als ein anderes, so könnte nur
die Schwere Grund dieser Schnelligkeit sein. Und wenn der Zuwachs
dieser Schwere [1]) unendlich wäre, so müßte es auch der Zuwachs an
Schnelligkeit sein.

Das so gewonnene Resultat, daß eine geradlinige unendliche
Bewegung sich verbiete, benützt A. gleich, um zu zeigen, daß jeder
Körper Schwere [2]) oder Leichtigkeit haben müsse, da ein gewichtloser
Körper sich ins Unendliche fortbewegen würde. Und ebenso führt er
als ersten Grund dafür, daß es für die Raumbewegung des Schweren
nach dem Mittelpunkte hin und des Leichten von der Mitte weg einen
Mittelpunkt [3]) geben müsse, den Grund an, daß nichts ins Unendliche
fortbewegt werden könne.

Wollen wir, indem wir die geradlinige Bewegung verlassen, noch
den Einwand des Scholiasten [4]) z. b. St. der Beachtung wert halten,
die geradlinige Raumbewegung sei allerdings nicht unendlich, weil sie
ja in Gegensätzen sich vollziehe, aber das treffe nicht bei allen zu,
z. B. nicht bei den freiwilligen Bewegungen der Tiere. Diese also
sollten etwa unendlich sein können? Man lese statt aller Erörterungen
hierüber, was A. de anim. motione 700 b 13—16 sagt: Auch die
Bewegungen der beseelten Wesen haben ein Ende; denn alle Tiere
bewegen und werden um eines Etwas willen bewegt, so daß dieses,
nämlich der Zweck, für sie Grenze jeder Bewegung ist.

---

[1]) Prantl (Ausgabe der 4 Bücher de coelo u. b. 2 de generat. griech.
u. deutsch, Leipzig 1857) bemerkt z. b. St. S. 280: „Ich halte für den einzig
möglichen Sinn dieser so schwierigen Stelle die Auffassung, daß, wenn man
eine unbegrenzte lineare Richtung der Raumbewegung annehme, dann für die
größere Schnelligkeit eines so bewegten Körpers .... kein anderes Motiv
übrig bleibe, als die Schwere (oder beziehungsweise Leichtigkeit), wohingegen
nach des A. eigener Meinung (Phys. V, 6) der Grund der beschleunigten Be=
wegung z. B. beim Fallen in dem Bestreben liege, daß der bewegte Körper
sein Ziel und seinen Zweck erreiche, welchem er gleichsam entgegeneile; .... .
Somit wäre die konkrete Unbegrenztheit des realen Vorganges und seines
Zweckes auch hier der Ausgangspunkt der A. Auffassung und indem bei an=
genommener Unbegrenztheit der linearen Raumbewegung dieses Motiv wegfallen
müßte, wäre für A. ein anderweitiges notwendig, welches nur noch in der
Schwere oder Leichtigkeit zu finden wäre; diese beiden aber sind ihm natürlich
nicht dynamische Momente ... sondern Eigenschaften der Körper; und — so
argumentiert A. — selbst, wenn man dieses noch einzig mögliche Motiv der
beschleunigten Bewegung annehmen wollte, käme man auf den Begriff einer
unbegrenzten Schwere oder Leichtigkeit, diese aber kann es nicht geben"; Davon
später. Wir pflichten diesen Ausführungen vollkommen bei.
[2]) de coelo 301 b 15—16.
[3]) de coelo 311 b 31—33.
[4]) p. 416a 15—19, 241a 30.

Nur die kreisförmige Bewegung ist noch unserer Betrachtung übrig gelassen. Ist diese kontinuirlich, so ist ihre Unendlichkeit gegeben.

Die Bewegung [1]) aber im Kreise ist die von sich selbst weg nach demselben hin, während die gradlinige von sich selbst weg nach einem andern hin stattfindet; erstere knüpft immer wieder an den Anfang an, nicht so die gradlinige. Die kreisförmige vollzieht sich nie in demselben, sondern immer in einem andern und wieder andern im Gegensatze zu der gradlinigen, welche oft in demselben vor sich geht. Und [2]) mit gutem Grunde ist die Kreisbewegung kontinuirlich und Eine, denn bei ihr ist Anfang wie Ende und Mitte unbestimmt. Welcher Punkt auch sollte vor dem andern den Vorzug haben, es zu sein? In diesem Sinne sagt A. de coelo 284a 6—10: Die Kreisbewegung als eine vollkommene umfaßt die unvollkommenen und ein Ende habenden, während sie selbst weder Anfang noch Ende hat, sondern unaufhörlich die unendliche Zeit hindurch dauert. Ibid. 288a 22—25: Bei der Kreisbewegung gibt es kein Woher und Wohin, sowie kein Mittelding zwischen diesen; denn weder Anfang noch Mitte noch Ende ist bei ihr vorhanden, der Zeit nach ist sie ewig und der Länge nach in Eins zusammen geführt und ungebrochen. Sie [3]) ist vollkommen gleichmäßig und schließt jede Ungleichmäßigkeit aus. Wir heben unter den vielen andern Eigenschaften, welche die Kreisbewegung besitzt, diese besonders hervor, weil A. bei ihr vermittels des Unendlichen zeigt, daß sie nicht ungleichmäßig sein kann. Ist [4]) sie ungleichmäßig, so hat die Zunahme Höhepunkt und Abnahme. Sie kann aber ungleichmäßig nicht sein, weder in ihren Teilen noch in ihrer Gesamtheit. Im [5]) ersten Fall, bemerkt A., daß dann ja, wenn der eine Teil schneller, der andere langsamer sich bewegte, die Gestirne in der unendlichen Zeit ihre Stellung verändert haben müßten, was doch der Augenschein nicht zeige. Soll sie aber in ihrer Ganzheit ungleichmäßig sein, so führt dies zu absurden Widersprüchen. Nehmen wir an, sie lasse nach, so [6]) müßte sie dies jedenfalls unendliche Zeit thun. Wenn aber Abnahme Zeichen [7]) der Kraftlosigkeit ist, so muß das Bewegende unendliche Zeit kraftlos sein. Kraftlos aber ist naturwidrig, so daß etwas unendliche Zeit naturwidrig wäre. Das schließt jedoch einen Widerspruch in sich; denn, was unendliche Zeit dauert, ist nicht mehr naturwidrig. Ferner war das Bewegende auch unendliche Zeit kräftig; denn Abnahme setzt vorhergehende Kraft voraus. Also ist etwas unendliche Zeit kräftig und eine andere unendliche Zeit kraftlos, demgemäß in

---

[1]) Phys. 264b 18—27.
[2]) Phys. 265a 27 ff.
[3]) de coelo II. 6 p. 288a 13 ff.
[4]) de coelo 288a 18—19.
[5]) ibid. 288b 10—12.
[6]) ibid. 288b 26—27.
[7]) de coelo 288b 22—27.

ber gleichen Zeit naturgemäß und naturwidrig. Aber [1]) widerstreitet das nicht schon der gewöhnlichen Beobachtung im Leben, daß die Periode der Kraftlosigkeit weniger Zeit beansprucht, als die der Kraftfülle? Außerdem, wenn etwas unendliche Zeit kräftig ist und eine andere unendliche Zeit kraftlos, so ist es — diesen Beweis glauben wir nach Analogie der bei der Ewigkeit der Welt uns noch begegnenden beifügen zu können — kräftig und kraftlos zugleich; denn außer der unendlichen Zeit gibt es nicht noch eine andere.

Ebenso [2]) wenig kann die Bewegung nicht immer nachlassen und nicht immer zunehmen. Denn wenn jede Bewegung aus etwas in etwas stattfindet und bestimmt ist, so würde die Kreisbewegung davon eine Ausnahme machen und würde, da sie unendliche Zeit anwüchse und unendliche Zeit nachließe, nie ein Ziel des Zunehmens oder der Abnahme erreichen, wäre somit unendlich und unbestimmt. Aber ist denn die Kreisbewegung nicht unendlich? Nicht als Bewegung, sondern nur der Zeit nach, während in unserm Falle die Bewegung sich ins Unendliche verlöre.

Zum Schlusse müssen wir noch zwei Stellen berühren, welche oberflächliche Betrachtung gegen eine unendliche Kreisbewegung anziehen könnte. Met. 999 b 8—10 heißt es: Wenn es ein Werden und Bewegung gibt, muß es auch ein Ende geben; denn keine Bewegung ist unendlich, sondern jede hat ein Ende. Und Met. 1090 b 10: Vom Gehen und überhaupt von der Bewegung gibt es ein Ende. Bewegung steht hier im weitern Sinne von Veränderung; daß aber keine solche unendlich sei, lesen wir oft bei A. [3]). Freilich ist darunter auch die Kreisbewegung begriffen, aber sie ist ja unendlich nicht als Bewegung der Größe nach, sondern nur in der Zeit. Größe, Zeit und Bewegung, welche uns bisher beschäftigten, stehen in engster Beziehung zu einander. Daher mag es nicht unzweckmäßig erscheinen, einige bezeichnende, dieses Verhältnis charakterisierende Aussprüche zum besseren Verständnis fürs Folgende anzuführen. Phys. 219 a 9—14 sagt A.: Die Zeit ist etwas an der Bewegung, da aber Bewegtwerdendes aus einem etwas in etwas bewegt wird, und jede Größe kontinuirlich ist, so folgt der Größe die Bewegung; denn weil die Größe kontinuirlich ist, ist es auch die Bewegung, weil aber diese, auch die Zeit; es scheint nämlich soviel Zeit verflossen zu sein, als die Bewegung lang war und ibid. 220 b 25—31 heißt es: Es folgt der Größe die Bewegung, dieser aber die Zeit dadurch, daß alle diese sowohl quantitativ als kontinuirlich und teilbar sind. Denn weil die Größe so beschaffen

---

[1]) Prantl a. a. O. S. 301 bemerkt z. d. St.: Bei den empirisch vorkommenden vergänglichen Wesen dauert das Stadium der Entkräftung und Abnahme nie so lange, als jenes der Zunahme und Kraftäußerung; hingegen beim Himmelsgebäude müßte, wenn die Periode der Zunahme eine unbegrenzt lange Zeit gedauert hat, eben darum eine gleich lange Weltperiode auch für die Abnahme beansprucht werden.

[2]) de coelo 288 b 27—30.

[3]) Davon später.

ist, hat die Bewegung diese Einwirkung erfahren, wegen der Bewegung aber die Zeit. Und so messen wir sowohl die Größe durch die Bewegung, als auch die Bewegung durch die Größe. Wir sagen vom Weg, er sei viel, wenn das Gehen ein Vieles ist und von diesem, es sei ein Vieles, wenn der Weg ein Vieler ist und ebenso von der Zeit, wenn die Bewegung und von der Bewegung, wenn die Zeit. Denn es gibt keine Zeit[1]) getrennt von der Bewegung.

Nun findet bei all diesen drei Begriffen Größe, Zeit und Bewegung das Unendliche statt, aber nicht in derselben Weise; denn, so sind die Worte[2]) des A., das Unendliche ist nicht dasselbe bei der Größe und Bewegung und Zeit, als ob es Eine Natur wäre, sondern das Spätere wird nach dem Frühern benannt, z. B. die Bewegung ist unendlich, weil die Größe unendlich ist, die Zeit ist es, weil die Bewegung.

Indem wir nun die Proportionalität dieser drei Punkte behandeln, machen wir zwei Abschnitte und betrachten zuerst das Verhältnis von Zeit und Größe, dann widmen wir unsere Aufmerksamkeit der Proportionalität von Größe, Zeit und bewegtem Körper.

In unendlicher[3]) Zeit kann etwas nicht an endlicher Größe bewegt werden, mag es gleich schnelle oder nicht gleich schnelle Bewegung haben. Da hiebei jemand gleich an die Kreisbewegung denken könnte, so wird diese durch den Zusatz ausgeschlossen, man müßte nur annehmen, daß es immer an derselben Größe oder nur an einem Teile derselben bewegt werde; aber darum handle es sich nicht, sondern darum, daß in der gesamten unendlichen Zeit etwas an der gesamten endlichen Größe bewegt werde.

Wenn etwas gleich schnell bewegt wird, so muß dies an einem Begrenzten, z. B. AB in endlicher Zeit (G) geschehen. Nehmen wir AC, welches z. B. 5mal genommen AB aufmißt (5 AC=AB), so wird in fünf gleichen Zeitabschnitten die ganze Bewegung vollendet sein. Nun aber ist $AC = CD = DE = EF = FB$, jeder der Quantität nach begrenzt; zusammen sind es fünf, also auch der Zahl nach endlich. Daher ist auch die Zeit G endlich, welche so groß sein wird, als die Zeit Eines Teiles $\left(\dfrac{G}{5}\right)$ vermehrt mit der Anzahl der Teile $\left(\dfrac{G}{5} \cdot 5 = G\right)$ also wird etwas an einem Endlichen nicht in unendlicher Zeit bewegt bei gleich schneller Bewegung. Aber auch nicht bei ungleich schneller Bewegung.

---

[1]) de generat. et corr. 337a 23: εἴπερ ἀδύνατον χρόνον χωρὶς κινήσεως εἶναι.

[2]) Phys. 207b 21—25: τὸ δ' ἄπειρον οὐ ταὐτὸν ἐν μεγέθει καὶ κινήσει καὶ χρόνῳ, ὡς μία τις φύσις, ἀλλὰ τὸ ὕστερον λέγεται κατὰ τὸ πρότερον, οἷον κίνησις μὲν ὅτι τὸ μέγεθος ἐφ' οὗ κινεῖται ἢ ἀλλοιοῦται ἢ αὐξάνεται, ὁ χρόνος δὲ διὰ τὴν κίνησιν.

[3]) Phys. 237b 23 ff., 238a 1—19.

Es sei AB, an welchem die unendliche Zeit CD hindurch bewegt wird, endlich.

Man nehme AE z. B. $= \frac{1}{3}$ AB; an diesem wurde nun nicht in der unendlichen Zeit CD etwas bewegt (denn in dieser wird ja am ganzen AB etwas bewegt), sondern in einer kleinern, begrenzten. Wenn man ferner EF $=$ AE nimmt, so wird auch an diesem Teil in endlicher Zeit etwas bewegt werden, aber in einer andern Zeit als an AE; denn es ist ganz natürlich, daß, da notwendig die eine Strecke [1]) vor der andern zurückgelegt sein muß, die Bewegung in der frühern Zeit an einer andern und ebenso in der spätern Zeit an einer andern Strecke stattfand, da in größerer Zeit die Bewegung an einer andern Strecke vor sich gegangen sein muß. Dabei macht es keinen Unterschied, ob gleich schnell oder nicht, und ob die Bewegung zu= oder abnimmt oder sich gleich bleibt. Wenn man so fortfährt, wird zwar CD, die unendliche Zeit, nicht aufgemessen werden (denn es gibt keinen Teil vom Unendlichen, durch welchen es aufgemessen würde, weil das Unendliche nicht aus begrenzt vielen gleichen oder ungleichen Größen bestehen kann), wohl aber AB durch z. B. 3 AE [2]). Also findet die Bewegung in endlicher Zeit statt.

Wie nun etwas in unendlicher Zeit nicht an endlicher Größe bewegt werden kann, ebenso wenig ist dies möglich, wenn wir das Verhältnis umkehrend sagen: In [3]) endlicher Zeit kann an einem Unendlichen bewegt werden. Es ist undenkbar, sowohl bei gleichmäßiger, wie auch bei ungleichmäßiger Bewegung. Wenn man einen Teil, etwa AB nimmt, welcher AG, die endliche Zeit aufmißt (z. B. 6 AB $=$ AG), so wird AB auch einen entsprechenden Teil der unendlichen Größe etwa ab durchwandern, aber nicht die gesamte unendliche Größe, denn diese soll es ja in der ganzen Zeit durchwandern; und im gleichen Zeitraum BC einen andern Teil der Größe, bc. Ob dabei bc $=$ ab oder bc $\gtrless$ ab, verschlägt nichts, wenn nur jeder Teil begrenzt ist. So wird nun die Zeit aufgezehrt, die unendliche Größe aber nicht. Denn das Hinwegnehmen ist ja ein begrenztes, sowohl der Quantität als der Zahl nach.

---

[1]) Bonitz a. a. O. 1863 Bd. 41 S. 410 u. 411 streicht einmal mit Recht das καὶ τὸ in 237b 35: ἐφ᾽ ἧς τὸ A καὶ τὸ B etc., worin ihm Prantl (Ausgabe 1879) folgt. Auch in der gegen Prantls Übersetzung gerichteten Polemik, wornach eine andere Auffassung der Stelle sich ergibt, folgen wir Bonitz. Während nämlich Prantl 238a 1—4 das ἕτερον jedesmal als Subjekt nimmt, faßt es Bonitz richtig als Objekt und gibt so den allein richtigen Sinn der Stelle. Ebenso sei 237b 27 das τὸ πεπερασμένον, b 35 das ὃ κεκίνηται als Akkusativ zu fassen.

[2]) Ebendaselbst zeigt Bonitz auch, daß 238a 17 vor ποσοῖς ein πεπερασμένοις einzusetzen. Auch hierin folgt Prantl.

[3]) Phys. 238a 20—31.

Weiter macht dieses Verhältnis zwischen Größe und Zeit bezüglich des Unendlichen auch folgender Abschnitt klar:

Sind[1]) die Teilungen der Größe und der Zeit dieselben, wie im Vorausgehenden[2]) erwiesen ist, so ist, wenn eines von beiden unendlich, es auch das andere, und wie es das eine ist, muß es auch das andere sein. Und dabei sind drei Fälle denkbar. Wenn die Zeit den äußersten Enden nach unendlich ist, wird es auch die Größe[3]) in dieser Weise sein; ist aber die Zeit der Teilung nach unendlich, so ist es auch die Größe nach der Teilung. Endlich kann die Zeit den äußersten Enden und der Teilung nach unendlich sein, und entsprechend wird dies auch bei der Größe zutreffen. Nur das muß man hiebei unterscheiden, in welcher Beziehung Zeit und Größe unendlich sind. Denn sonst verfällt man leicht in den Fehler Zenos, welcher seine Beweise gegen die Bewegung auf das Mißverhältnis stützte, das er hervortreten sah in dem Satze: Unendlich Vieles kann man in endlicher Zeit durchwandern oder unendlich Vieles kann man einzeln berühren. Und formell hat er recht; denn wenn die Größe unendlich ist, muß es auch die Zeit sein; in der Sache aber irrte er darin, daß er das „unendlich Vieles" aktuell, den äußersten Enden nach nahm, während er es von der Teilung hätte verstehen sollen; denn auch gerade die Zeit ist, wie die Größe, der Teilung nach unendlich, weshalb man richtiger sagt: Unendlich Vieles kann man nicht in endlicher, sondern nur in unendlicher Zeit durchlaufen, und nur das Unendliche, nicht das Endliche kann das Unendliche berühren; doch muß man das Unendliche von der Teilung, also potenziell verstehen. Aber zu sagen: Unendliches kann man in endlicher Zeit oder Endliches in unendlicher Zeit durchlaufen, ist nicht richtig, sondern wenn die Zeit unendlich ist, muß es auch die Größe sein und umgekehrt. Man sehe die Sache an folgendem Beispiel:

Es sei AB endliche Größe, C unendliche Zeit, CD ein Teil von C, also endlich. In Zeit CD wird ein Teil von AB, z. B. BE vom Unendlichen durchwandert, wobei entweder AB auf-

A ——————+—————— B

E

---

[1]) Phys. 233a 16 ff., 233b 1—15.
[2]) Phys. 231—233.

[3]) Man könnte verwundert fragen, nachdem man gehört, daß es keine aktuell unendliche (das bedeutet das „nach den äußersten Enden") Größe gebe, wie man sich diese Stelle damit zusammenreimen solle. Simplicius p. 407a 34 ff. z. b. St. 233a 13 rühmt sich, daß kein Erklärer vor ihm diese Schwierigkeit zu lösen versucht habe, und denkt dabei an den im Kreise bewegten Körper. Wie die Zeit nach den äußersten Enden unendlich sei, die unendliche Kreisbewegung messend, und wie sie ins Unendliche teilbar sei, so sei auch die Größe unendlich nach den äußersten Enden, als die kreisförmige, welche weder Anfang noch Ende habe, und ins Unendliche teilbar. Simplicius verwechselt Bewegung und Körper. Die Sache scheint viel einfacher. Nur der Vollständigkeit der Aufzählung halber wird auch die Größe als nach den äußersten Enden unendlich aufgeführt und, um das Mißverständnis Zenos zu zeigen, der eben nicht scharf unterschied.

gemeſſen wird oder ein Reſt zurückbleiben oder ein Ueberſchuß herauskommen wird. Wenn das Unendliche die gleiche Größe, wie BE, in
gleicher Zeit durchwandert, dann mißt es das Ganze auf, alſo wird
die Zeit, in welcher es dieſes gethan hat, begrenzt ſein. Denn ſie
wird in die gleichen Teile geteilt, wie die Größe. Alſo nicht in
unendlicher Zeit wird das BE durchwandert, was ſich klar zeigt,
wenn man die Zeit nach einer Seite hin begrenzt nimmt; denn wenn
das Unendliche in kleinerer Zeit (CD) den Teil BE durchwandert, ſo
muß dieſer Teil der Zeit endlich ſein, da ja eine Grenze vorhanden iſt.
Dieſe Löſung der Zenoniſchen[1] Schwierigkeiten, um es paſſend hier
anzubringen, daß man an die potenziell unendlich vielen in der Zeit
und in der Größe gegebenen Teile denken müſſe, iſt befriedigend, wenn
man frägt, ob man unendlich Vieles in endlicher Zeit durchgehen oder
zählen könne, ſie genügt aber nicht mehr, wenn wir bei der Zeit, die
ja ins Unendliche geteilt werden kann, die Teilung vornehmen wollen.
Teilt man nämlich die kontinuirliche Größe in zwei Hälften, nimmt
alſo die Teile aktuell, ſo gebraucht man den einen Punkt als zwei;
denn man macht ihn ja zum Anfang und zum Ende, hebt aber dabei
die Kontinuität ſowohl der Bewegung, als auch der Größe auf. Das-
ſelbe thut, wer die Hälften zählt; denn die Hälften im Kontinuirlichen
ſind allerdings unendlich viele, aber — das überſah Zeno, nur
potenziell, nicht aktuell. Wenn man alſo ſagt, unendlich Vieles kann
bei der Zeit und Größe durchgegangen werden, ſo iſt es richtig, wenn
man unendlich Vieles potenziell, falſch dagegen, ſobald man es aktuell
nimmt. Daß man aber nur potenziell Unendliches durchwandern
kann, geht auch daraus hervor, daß, was kontinuirlich bewegt wird,
unendlich Vieles nicht ſchlechthin, ſondern nur accidentell durchlaufen
hat. Wäre nämlich Erſteres der Fall, ſo gehörte es zum Weſen der
Linie, unendlich viele Hälften zu haben, ſo daß man dann aktuell
unendlich Vieles durchlaufen hätte. Nun aber iſt das Weſen der
Linie ein anderes; denn daß ſie unendlich viele Hälften hat, iſt bloß
accidentell, wenn auch an und für ſich; ſo wenig man aber in eine
Begriffsbeſtimmung des Dreiecks[2] das an und für ſich Accidentelle,
daß die Winkelſumme = 2 R iſt, aufzunehmen hat, ebenſo wenig
gehört es zum Weſen der Linie, daß in ihr unendlich viele Hälften
ſind. So alſo ſind die Einwürfe Zenos zu nichte gemacht, ſo der
berühmte Achilleus, von dem nur ſo viel richtig iſt, daß etwas
allerdings dann nicht eingeholt werde, wann es eben einen Vor-
ſprung hat.

Nach dieſer Einſchaltung fahren wir weiter und berückſichtigen
im Folgenden zum Schluſſe, wie ſich die Proportionalität nicht bloß
auf Größe und Zeit, ſondern auch auf Zeit und Größe und bewegten
Körper erſtreckt und ausdehnt.

---

[1] Phys. 263a 4—35, 263b 1—9.
[2] Met. 1025a 30—32.

a) In endlicher Zeit kann die endliche Größe das Unendliche nicht durchwandern [1]).

In einem Teile der Zeit durchwandert die endliche Größe ein Endliches und so in jedem folgenden Teile, also auch in der ganzen Zeit ein Endliches und kein Unendliches.

b) In endlicher Zeit kann das Unendliche das Endliche nicht durchwandern [2]).

Wenn das Unendliche das Endliche durchwanderte, müßte auch das Endliche das Unendliche durchwandern, was eben als unmöglich erwiesen wurde. Dabei ist es gleichgiltig, ob das Endliche oder Unendliche bewegt wird; denn jedenfalls durchwandert das Endliche ein Unendliches. Wenn unendlich A bewegt wird, so wird ein Teil desselben CD bei B begrenzt sein u. s. f., so daß das Unendliche an einem Endlichen bewegt wurde und das Endliche ein Unendliches durchwanderte. Nur so wohl kann das Unendliche an einem Endlichen bewegt werden, daß das Endliche das Unendliche durchwandert, entweder dadurch, daß das Unendliche bewegt wird, oder daß das Endliche das Unendliche aufmißt. Da dieses unmöglich, so kann das Unendliche das Endliche nicht durchwandern.

c) In endlicher Zeit [3]) kann das Unendliche das Unendliche nicht durchwandern.

Wenn das Unendliche das Unendliche durchwandert, durchwandert es auch das Endliche, weil im Unendlichen ja das Endliche enthalten ist. Man kann dabei die Zeit nehmen, wie man will, die Beweisführung bleibt sich gleich. Da nun weder das Endliche das Unendliche durchwandert, noch das Unendliche das Endliche, wie auch das Unendliche am Unendlichen [4]) in endlicher Zeit nicht bewegt wird, so ist auch die Bewegung in endlicher Zeit nicht unendlich. Denn Bewegung und Größe sind proportional; wenn man die Größe unendlich nimmt, muß man auch die Bewegung so fassen; denn jede Bewegung ist im Raume, d. h. keine findet ohne Größe statt.

Verlassen wir nun diesen Abschnitt, dessen Bedeutung für die weitere Entwickelung unseres Themas sich bald zeigen wird, und merken wir uns daraus wenigstens das, unendlich Vieles könne man nicht durchwandern, so werden wir späterhin, wo derselbe immer und immer wiederkehrt, uns darauf berufen können. Jetzt aber wollen wir uns einem Punkte zuwenden, der uns auf lange beschäftigen und teilweise schon im Früheren Behandeltes voraussetzen wird. Ein speziell den Physiker berührendes Problem ist die Frage, deren Resultat wir schon vorwegnahmen, ob es einen unendlichen Körper gebe.

---

[1]) Phys. 238a 32—36.
[2]) Phys. 238b 1—13.
[3]) Phys. 238b 13—22.
[4]) Wir folgen Prantl, welcher mit Recht schon in seiner ersten Ausgabe 1854 τὸ ἄπειρον einsetzte.

Betrachtet [1]) man die Sache logisch, worauf übrigens A., wie sonst oft, fast geringschätzig herabblickt, so enthält „unendlicher Körper", wenn wir einen Ausdruck aus der Schullogik gebrauchen, eine contradictio in adiecto; denn im Begriff Körper ist schon das „durch Flächen begrenzt" ausgesprochen, also kann von einem unbegrenzten Körper nicht die Rede sein, weder von einem intelligiblen noch einem sinnlich wahrnehmbaren.

Auch [2]) nicht eine Zahlengröße kann das Unendliche sein; denn Zahl oder was Zahl hat, ist etwas Zählbares, wenn man aber das Zählbare zählen kann, so könnte man das Unendliche durchgehen, also kann das Unendliche keine Zahl sein.

Physikalisch erwogen, was ja dem Physiker zumeist ansteht, kann der unendliche Körper weder einfach und einheitlich sein, sowohl wenn man das Unendliche als Urelement, verschieden von den vier Elementen, als auch, wenn man Eins derselben als unendlich nimmt, noch ist es möglich, daß derselbe zusammengesetzt sei in der Weise, daß ein Teil unendlich ist oder so, daß alle Teile unendlich sind.

Nicht [3]) einfach und einheitlich. Es nehmen nämlich einige das Unendliche als etwas neben den Elementen Bestehendes, nicht eines der Elemente als unendlich an. Denn da die Elemente einander entgegengesetzt sind, würden die übrigen, wenn eines unter ihnen unendlich wäre, von diesen vernichtet werden. Und zwar so nehmen sie dieses Unendliche an, daß es verschieden von den Elementen ist, und doch aus ihm die Elemente hervorgehen. Ein solcher Körper aber ist unmöglich, nicht deshalb, weil er nicht unendlich sein kann, worüber bei jedem der Elemente etwas [4]) Gemeinsames zu bemerken ist, sondern aus einem andern Grunde. Da nämlich Alles sich in das auflöst, woraus es besteht, ein solcher sinnlich wahrnehmbarer Körper aber, der nicht Luft, nicht Feuer noch Erde oder Wasser ist, sich nirgends

---

[1]) Phys. 204b 4—7. — Met. K 10 lassen wir als einen Auszug von ungeschickter Hand außer acht.

[2]) Phys. 204b 7—10.

[3]) Phys. 204b 22—35.

[4]) Das Gemeinsame, das von jedem Element und auch von dem neben den Elementen Bestehenden gilt, ist, daß dann ja kein Gegensatz vorhanden und somit alles Werden, das ja durch Gegensätze bedingt ist, beseitigt wäre. In diesem Sinne heißt es de gener. et corr. 329a 8 — 13: . . . οἱ μὲν ποιοῦντες μίαν ὕλην παρὰ τὰ εἰρημένα, ταύτην δὲ σωματικὴν καὶ χωριστήν, ἁμαρτάνουσιν· ἀδύνατον γὰρ ἄνευ ἐναντιώσεως εἶναι τὸ σῶμα τοῦτο αἰσθητὸν ὄν· ἢ γὰρ κοῦφον ἢ βαρὺ ἢ ψυχρὸν ἢ θερμὸν ἀνάγκη εἶναι τὸ ἄπειρον τοῦτο, ὃ λέγουσί τινες εἶναι τὴν ἀρχήν. u. ibid. 332a 6—8: Ἓν μὲν δὴ πάντα οὐχ οἷόν τε, οἷον ἀέρα πάντα ἢ ὕδωρ ἢ πῦρ ἢ γῆν, εἴπερ ἡ μεταβολὴ εἰς τἀναντία u. 332a 20—25: οὐ μὴν οὐδ' ἄλλο τί γε παρὰ ταῦτα (ἔστιν ἐν τούτων ἐξ οὗ τὰ πάντα), οἷον μέσον τι ἀέρος καὶ ὕδατος ἢ ἀέρος καὶ πυρός, ἀέρος μὲν παχύτερον καὶ πυρός, τῶν δὲ λεπτότερον· ἔσται γὰρ ἀὴρ καὶ πῦρ ἐκεῖνο μετ' ἐναντιότητος ἀλλὰ στέρησις τὸ ἕτερον τῶν ἐναντίων· ὥστ' οὐκ ἐνδέχεται μονοῦσθαι ἐκεῖνο οὐδέποτε, ὥσπερ φασί τινες τὸ ἄπειρον καὶ τὸ περιέχον.

in Wirklichkeit zeigt, so kann es einen einfachen unendlichen Körper
in diesem Sinne nicht geben.

Aber [1]) auch nicht eines der Elemente kann unendlich sein. Denn
abgesehen von der Möglichkeit, ob eines derselben überhaupt unendlich
sein kann, könnte das All, selbst wenn es begrenzt ist, nicht Eines
derselben sein oder werden in dem Sinne, wie Heraklit meinte, alles
werde einmal Feuer, und das deshalb nicht, weil, da sich ja alles
nur aus einem Gegensatz in den andern verändert, alles Werden aus=
geschlossen wäre.

Doch wie [2]), wenn der unendliche Körper zusammengesetzt wäre!
Auch dann sind wir nicht viel besser daran. Den Fall, daß die Teile
unendlich viele seien, übergeht A. ganz, da sich daraus der Unsinn
ergäbe, daß Ein und dasselbe unendlich Vieles wäre. Also nehmen
wir die zweite Möglichkeit von endlich vielen Teilen. Dann kann Ein
Teil unendlich sein, oder es können es alle. Ist Ein Teil unendlich,
z. B. die Luft, während das Feuer endlich ist (denn mehrere Elemente
müssen es sein um der Gegensätze willen), und ist die gleiche Quantität
Feuer an Kraft auch nochmal so groß, wenn nur noch zählbar, als
die gleiche Quantität Luft, so wird doch das Unendliche (Luft) das
Endliche (Feuer) vernichten.

Alle [3]) Teile aber können nicht unendlich sein, das widerspräche
dem Begriffe des Körpers, der etwas nach allen Seiten begrenzt Aus=
gedehntes ist. Der unendliche Körper aber — müßte er nicht nach
allen Seiten ins Unendliche ausgedehnt sein?

So erweist sich der Versuch der jonischen Naturphilosophen, die
die ja hier hauptsächlich gemeint sind, mit der Annahme eines unendlichen Urstoffes die Einheit des Alls zu behaupten als unzulänglich,
insofern dabei, wie A. allerdings von seinem Standpunkte aus zeigt,
aller Gegensatz, die Bedingung jeglichen Werdens als aufgehoben erscheint. Und auch die Ausflucht, welche man ihnen leihen könnte,
man brauche ja nur einen Teil davon unendlich und die übrigen
endlich zu nehmen, führte nicht zum Ziel. Von diesem Gesichtspunkte
aus, glauben wir, müssen vorstehende Ausführungen gewürdigt werden.

Wenn wir das Folgende mit einem Gesamttitel versehen sollten,
so würden wir sagen: Die Unmöglichkeit eines unendlichen Körpers
dargethan aus der Raumtheorie des A.

Schicken wir es nur gleich voraus, daß schon die Definition des
Raumes als Grenze des Umfassenden keiner Unendlichkeit Raum gibt,
und nehmen wir dazu die Behauptung [4]), Ort und Körper müssen
zusammenpassen, so sind wir aller weiteren Erörterungen darüber, daß
die Lehre vom Raum einen unendlichen Körper nicht zulasse, vollständig überhoben. Indessen thut A. die Sache nicht so kurz ab.

---

[1]) Phys. 205a 1—7.
[2]) Phys. 204b 11—19.
[3]) Phys. 214b 19—22.
[4]) Phys. 205a 32.

Der unendliche, sinnlich wahrnehmbare Körper muß, wie jeder andere Körper an einem Orte sein. Dabei kann dieser unendliche Körper gleichartig sein oder ungleichartig. Ist er Ersteres [1]), so ist er unbeweglich oder immer in Bewegung, was beides gleich unmöglich, da, so ergänzen wir, im ersteren Falle die Bewegung, im letzteren die Ruhe, jedes gegen die Natur aufgehoben ist. Aber gesetzt, er sei immer in Bewegung, so bereitet uns die Frage, wohin wird er sich bewegen, wird er oben oder unten oder wo überhaupt wird er sein, neue Schwierigkeit. Nehmen wir beispielsweise die Scholle und erinnern uns, daß der Ort des Teils und des Ganzen [2]) derselbe ist, z. B. von der ganzen Erde und einer Scholle, vom Feuer und vom Funken, so sind wir, sollen wir angeben, wo sich die Scholle bewegen wird, da der Ort des ihr verwandten Körpers unendlich ist, in völliger Ratlosigkeit. Also wird die Scholle ruhen. Aber wo und wie? So bleibt uns die Eingangs erwähnte Unmöglichkeit, daß die Scholle immer ruhen oder immer sich bewegen wird. Gleichartig kann demnach dieser unendliche Körper nicht sein.

Falls [3]) dagegen der unendliche Körper ungleichartig ist, müssen auch die Orte desselben ungleichartig sein; denn der Ort für Teil und Ganzes ist derselbe. Freilich wird so die Einheit des unendlichen Körpers unmöglich gemacht, indem derselbe nur mehr durch Berührung Eins ist. Wenn das Ganze unendlich ist, so sind bei begrenzt vielen Teilen die einen unendlich, die andern endlich. Dann aber tritt der schon früher berührte Fall ein, daß nämlich das Unendliche das Endliche vernichten wird. Deshalb hat Keiner das Feuer und die Erde als unendlich bezeichnet, weil ihre Orte fest bestimmt sind, wohl aber Wasser und Luft, weil diese sowohl nach oben, als nach unten gehen, also ihre Orte ungleichartig sind.

So wenig [4]) begrenzt viele Teile angenommen werden können, so wenig unendlich viele. Denn es müßte ja auch unendlich viele Orte und Elemente geben. Nun aber ist weder das Eine der Fall, es gibt nur sechs Arten des Ortes, noch trifft das Andere zu, denn die Zahl der Elemente ist bloß vier. A. lehnt nämlich unendlich viele Elemente entschieden ab. Also muß das Ganze begrenzt sein; denn Ort und Körper müssen zusammen passen und zwar darf einerseits der Ort nicht größer sein, als der Körper zugleich beisammen [5]) sein kann —

<hr>

[1]) Phys. 205a 10—19.
[2]) Phys. 205a 10—12.
[3]) Phys. 205a 19—35.
[4]) Ibid. a 29—35.
[5]) Anm. Kant, der größtenteils dieselben Argumente in seinen Antinomien verwendet wie A., kennt diesen Gedanken, daß etwas zugleich beisammen nicht unendlich sein könne, ebenfalls. Thesis b. 1. Antinomie gegen Schluß: . . ein unendliches Aggregat wirklicher Dinge kann nicht als ein gegebenes Ganze, mithin auch nicht als zugleich gegeben angesehen werden. Offenbare Bestätigung unserer Stelle! Zugleich beisammen: Bonitz a. a. O. 1862, Bd. 39 S. 200—202 wirft mit cod. E (u. Prantl folgt ihm in der neuesten Ausg.

zugleich beisammen aber, ist der Körper nicht mehr unendlich — und anderseits kann der Körper nicht größer sein als der Ort. Denn im erstern Falle gäbe es einen leeren Raum, was für A. ein Unding, und im letztern einen Körper, der naturgemäß nirgends wäre.

Wenn aber Anaxagoras[1]) behauptete, daß sein Unendliches sich selbst stütze, weil es in sich selbst ruhe, von nichts anderm umfaßt, daß ferner jeder Körper, wo er auch sei, an seinem naturgemäßen Orte sich befinde, so verwirft A. diese Ansicht als läppisch. Erstlich könne ein Körper an einem Orte nicht bloß naturgemäß, sondern auch durch Vergewaltigung sich befinden. Ferner ist es, fährt A. fort, zwar richtig, zu sagen, das Unenbliche in seiner Gesamtheit werde nicht bewegt, da es als sich selbst stützend und in sich selbst seiend, unbeweglich ist. Auch daß es naturgemäß nicht bewegtwerdend sei, durfte Anaxagoras noch hinzufügen, aber einen Grund hätte er angeben sollen. Man kann ja auch das nächste Beste als nicht bewegtwerdend bezeichnen, und auch unbehindert sagen, es sei naturgemäß so. Die Erde z. B. wird nicht bewegt, ohne daß sie unendlich ist, und selbst wenn sie unendlich wäre, bliebe sie von[2]) der Mitte gehindert in der Ruhe beharren. Aber nicht deshalb, weil sie als unendlich betrachtet, keinen Ort hätte, sich zu bewegen, sondern weil sie naturgemäß so beschaffen ist, in der Mitte zu bleiben. Wenn also die Erde ruht oder sich selbst stützt (man kann so sagen), obgleich sie nicht unendlich ist, und wenn sie ruhte trotzdem, daß sie unendlich wäre, so kann nicht das Unendlichsein den Erklärungsgrund abgeben, warum etwas sich selbst stützt, in sich selbst ist und ruht. Und wie die Erde, nicht weil unendlich, sondern weil schwer, in sich ruht, so muß auch beim Unendlichen ein anderer Grund vorhanden sein, warum es in sich selbst ruht. Welches der Grund ist, gibt A. nicht an, aber wir dürfen vielleicht ergänzen, es müßte das Unendliche ebenfalls Schwere haben, welche nur unendlich sein könnte, eine solche Schwere aber gibt es

---

darin) dieses ἅμα aus, indem er sich auf Themistius und Philoponus beruft, und . will dann das störend (!!) dazwischentretende: ἅμα δ᾽ οὐδ᾽ ἄπειρον ἔσται τὸ σῶμα ἔτι als eine beiläufige Bemerkung zum ersten Gliede ziehen in dem Sinn: „übrigens würde mit der Annahme, der Raum sei größer als der Körper, nachdem vorher schon festgestellt ist, daß πεπερασμένοι οἱ τόποι, zugleich sich ergeben, daß von Unendlichkeit des Körpers nicht weiter (ἔτι) die Rede sei." Wie gesucht ist diese Erklärung! Lassen wir hingegen das ἅμα in τὸ σῶμα ἅμα εἶναι, was weder die Scholiasten noch Boniz verstanden, bestehen, so erklärt sich einmal das ἅμα sehr einfach, und ist 2. der Zusatz: ἅμα οὐδ᾽ — ἔτι nicht mehr störend. Das ἅμα ist, worauf wir durch Prantls erste Ausgabe 1854 geführt sind, durch Phys. 226 b 21: ἅμα μὲν οὖν λέγεται ταῦτ᾽ εἶναι κατὰ τόπον, ὅσα ἐν ἑνὶ τόπῳ ἐστὶ πρώτῳ zu erklären: „Der Körper zugleich beisammen," wie Prantl a. a. O. richtig übersetzt, nicht etwa zerstreut aus einander (de coelo 274b 18). Auch der Zusatz ὁ πᾶς bei τόπος weist auf das ἅμα hin.

[1]) Phys. 205 b 1—24.

[2]) ὑπὸ τοῦ μέσου: so lesen wir, ganz unbedenklich der Konjektur von Boniz folgend. Ebenso Prantl.

nicht, also kann das Unendliche nicht in sich sein. Da nun das Unendliche des Anaxagoras nirgends sein könnte, so ist es überhaupt unmöglich.

Außerdem [1]) wäre nicht bloß der Ort des Unendlichen in seiner Gesamtheit, sondern auch der eines jeden Teiles das in sich Selbstsein, da die Orte des Ganzen und des Teiles gleichartig sind.

Wie [2]) unlogisch es ist, von einem unendlichen Körper oder einem Orte für einen solchen zu sprechen, zeigt sich auch, wenn wir die Eigenschaften des sinnlich wahrnehmbaren Körpers in betracht ziehen. Jeder derartige Körper, und daher auch der unendliche als solcher, muß Schwere oder Leichtigkeit haben und demgemäß nach oben oder unten streben. Aber beim unendlichen Körper ist dies unmöglich. Denn wo ist ein Oben oder Unten oder eine Mitte? Es gibt weder das Eine noch das Andere. Also kann es keinen unendlichen Körper geben, was nicht weniger deutlich folgende Schlußerwägung zeigt.

Jeder [3]) sinnlich wahrnehmbare Körper ist an einem Orte, von dem es sechs Artunterschiede gibt, nämlich: Oben und Unten, Vorn und Hinten, Rechts und Links, Unterschiede, welche auch in dem All gelten. Am unendlichen Körper aber lassen sich solche Unterschiede nicht entdecken. Wie ist also ein unendlicher Körper möglich?

Auf [4]) dasselbe läuft der hypothetische Schluß hinaus: Wenn es keinen unendlichen Ort geben kann, jeder Körper aber an einem Orte ist, so kann es keinen unendlichen Körper geben. Die Folgerung ist also von der Richtigkeit der Voraussetzung abhängig gemacht. Die Voraussetzung aber erweist sich als wahr. Wie man nämlich von keinem unendlichen Zwei= oder Dreiellig, überhaupt von keiner unendlichen bestimmten Quantität sprechen kann, so auch von keinem unendlichen Oben oder Unten u. s. w., weil Zweiellig ebenso wie Oben oder Unten begrenzt sind. Da aber das „Wo“, das an einem Orte Sein ist, und „das an einem Orte Sein“, das Wo ist, mit andern Worten, da „oben, unten sein“ gleichbedeutend ist mit „an einem Orte sein“, so ist, weil Oben und Unten nicht unendlich sind, auch der Ort überhaupt nicht unendlich; existiert aber kein unendlicher Ort, so folgerichtig auch kein unendlicher Körper.

Zu welchen Absurditäten man mit der Annahme eines unendlichen Körpers kommt, wird erst recht klar, wenn wir ihn den über die Bewegung geltenden Gesetzen unterwerfen wollen.

Dieser unendliche Körper könnte weder einfach noch zusammengesetzt sein [5]). Ist er zusammengesetzt, so ist er es aus einfachen Körpern; da diese aber an Zahl und Ausdehnung begrenzt sind, so müssen auch die zusammengesetzten begrenzt sein. Denn es ist etwas nur so groß, als das ist, woraus es besteht.

---

[1]) Phys. 205b 18—24.
[2]) Phys. 205b 24—31.
[3]) Phys. 205b 31—35.
[4]) Phys. 205b 35 — 206a 1—8.
[5]) de coelo 271b 19—23.

Zu den einfachen[1] Körpern kann der unendliche Körper nicht gehören; denn er kann weder der erste einfache Körper, welcher naturgemäß im Kreise bewegt wird, sein, noch ein solcher einfacher Körper, der geradlinige Bewegung hat.

Der erste einfache Körper kann der unendliche nicht sein, weil er aus fünf Gründen nicht im Kreise bewegt werden kann.

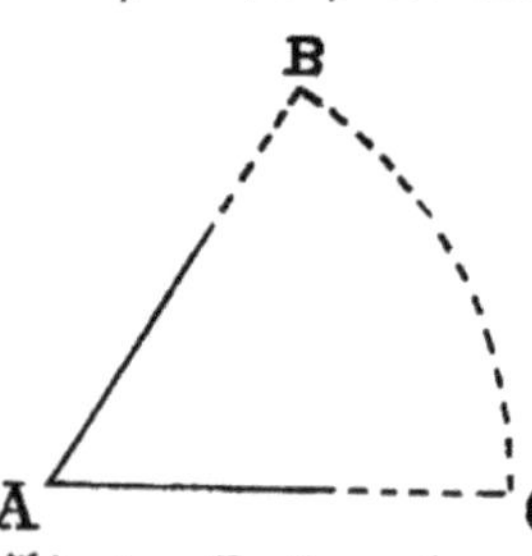

1) Es sei[2] der im Kreise bewegte Körper unendlich; dann werden auch die von seinem Mittelpunkte ausgehenben Radien AB und AC, sowie auch der dazwischen liegende Raum ABC unendlich sein, weil man immer einen größern nehmen kann, als den gegebenen. Nun aber kann das Unendliche, wie schon gezeigt, nicht durchwandert werden, d. h. AC kann nicht nach AB gelangen, was doch notwendig ist, wenn Bewegung sein soll. Eine Kreisbewegung gibt es, also kann der Körper, welcher im Kreise bewegt wird, nicht unendlich, sondern nur enblich sein.

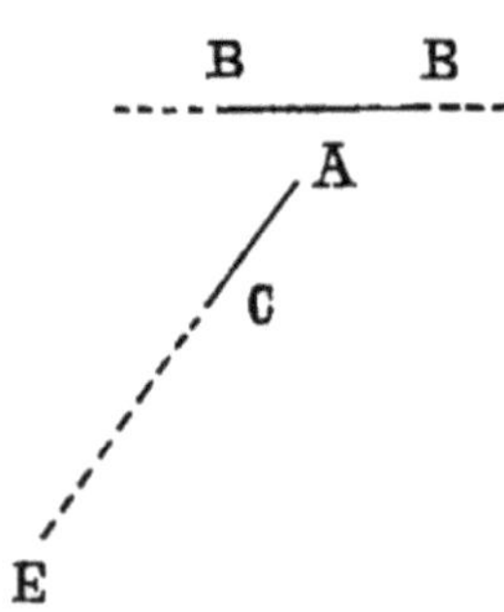

2) Es sei[3] BB nach beiden Seiten, ACE nach E hin unendlich, und es beschreibe ACE vom Mittelpunkt C aus einen Kreis. Es wird also ACE im Kreise bewegt werden und BB in enblicher Zeit schneiden[4]. (Das Unendliche (ACE) das Unendliche (BB) in enblicher Zeit; erste Unmöglichkeit). In enblicher Zeit; denn es ist ja die ganze Zeit, in welcher das Himmelsgebäude im Kreise sich bewegte, eine enbliche, also auch die hinweggenommene, in welcher die schneidende ACE sich bewegte. Denn wenn man von einer enblichen Zeit eine enbliche wegnimmt, so muß notwendig auch die übrig bleibende enblich sein und einen Anfang haben. Und wenn die Zeit des Gehens einen Anfang hat, so muß auch die Bewegung einen solchen haben und ebenso die Größe, über welche die Bewegung hingeht, kurz, da

---

[1] Ist der Beweis erbracht, daß der Körper, welcher sich im Kreise bewegt, nicht unendlich sei, so ist bamit zugleich bewiesen, daß das All nicht unendlich; wir glauben nämlich trotz de coelo 268 b 11—12: περὶ μὲν οὖν τῆς τοῦ παντὸς φύσεως εἴτ' ἄπειρός ἐστι κατὰ τὸ μέγεϑος εἴτε πεπέρανται τὸν σύνολον ὄγκον, ὕστερον ἐπισκεπτέον, daß Kap. 5—7 in de coelo I boch zunächst den Beweis dafür liefern, der einfache Körper sei nicht unendlich, und erst in zweiter Linie können biese Argumente als solche für die räumliche Begrenztheit der Welt betrachtet werden.

[2] de coelo 271b 27 ff., 272a 1—7.

[3] de coelo 272a 7—20.

[4] Die Figur zu biesem wie zum fünften Beweise entnehmen wir Prantl: Arist. 4 Bücher über b. Himmelsgebäude und 2 Bücher über Entstehen und Vergehen; griech. u. beutsch. Leipzig, 1857.

Zeit, Größe und Bewegung proportional sind, so muß es einen An=
fang geben, in welchem die unendliche CE die unendliche BB in end=
licher Zeit schnitt. Das ist unmöglich, denn dann müßte es auch einen
Anfang der unendlichen BB geben, durch welche die Bewegung erfolgt ist,
der Proportionalität zufolge. Auf zwei Ungereimtheiten also führt uns
die Bewegung eines unendlichen Körpers. Beweis genug dafür, daß er
sich nicht im Kreise bewegen kann. Und wäre die Welt unendlich, sie
könnte es auch nicht. Sie bewegt sich aber im Kreise, also ist sie endlich.

3) Zwei[1]) endliche Linien kommen in endlicher Zeit an einander
vorbei, schneller, wenn sie beide bewegt werden, langsamer, wenn
bloß eine und zwar mit derselben Schnelligkeit bewegt wird, wie
früher, als sie einer andern bewegtwerdenden entgegenbewegt wurde,
obgleich im letztern Falle die Möglichkeit offen bleibt, daß die Be=
wegung sogar schneller vor sich gehe, als wenn beide an einander vorbei=
bewegt werden. Man braucht ja die einander entgegen bewegtwerden=
den nur zu verzögern, die Bewegung aber an einem Ruhenden vorbei
schneller zu machen, als bei den entgegen bewegtwerdenden, so daß es
gleichgiltig ist, ob eine Größe an einer andern als einer ruhenden oder
bewegtwerdenden bewegt wird. Was so von den endlichen Linien gilt,
dasselbe ist von den unendlichen zu sagen, nur daß man eine unendliche
Linie nicht in endlicher Zeit durchwandern kann, sondern nur in un=
endlicher, der Proportionalität von Zeit und Größe entsprechend. Dabei
macht es, wie bei den endlichen Linien keinen Unterschied, ob die un=
endliche Größe an der endlichen, oder die endliche an der unendlichen
vorüber bewegt wird. Ebenso verschlägt es auch für den Beweis
nichts, ob sie beide einander entgegen bewegt werden, oder ob eine davon
ruht. Wenn nun die Zeit unendlich ist, in welcher die e n d l i c h e
bewegtwerdendé an einer u n e n d l i c h e n (denn das ist unschwer zu
ergänzen, und der Scholiast z. b. St. brauchte nicht über Unklarheit
der Stelle zu jammern) vorbeikommt, so muß auch die Zeit unendlich
sein, während welcher die u n e n d l i c h e an der e n d l i c h e n bewegt
wird, also kann das Unendliche überhaupt nicht bewegt werden; denn
es wäre ja für die geringste Bewegung eine unendliche Zeit not=
wendig. Alle nun, welche in dem Glauben, daß ein Endliches an
einem Unendlichen oder, was ja gleichbedeutend ist, ein Unendliches
an einem Endlichen in endlicher Zeit sich vorbei bewegen könne, die
Kreisbewegung des Unendlichen damit zu beweisen versuchen, daß sie
sagen, das Himmelsgebäude sei unendlich und bewege sich sichtlichst
im Kreise, lassen die Proportionalität in jeglicher Beziehung außer
acht. Denn die Himmelskreislinie bewegt sich, angenommen, sie sei
unendlich, an einer endlichen Linie innerhalb in endlicher Zeit vorbei,
also Unendliches an Endlichem in endlicher Zeit. Es ist ja gleich=
giltig, ob Endliches an Unendlichem oder Unendliches an Endlichem
sich bewegt, und ob Bewegung an einer ruhenden Größe oder einer
bewegtwerdenden stattfindet. Also kann das Himmelsgebäude nicht

---

[1]) de coelo 272a 21 ff., b 1—17.

unendlich sein, und da dasselbe sich im Kreise bewegt, auch nicht ein im Kreise bewegter Körper.

4) Da[1]) weder eine Kugel noch ein Viereck noch ein Kreis unendlich ist, weil alle durch Flächen und Linien begrenzt sind, so kann, wenn es ohne einen Kreis keine Kreisbewegung und ohne einen unendlichen Kreis keine unendliche Kreisbewegung gibt, ein Unendliches nicht im Kreise bewegt werden, denn es gibt ja keinen unendlichen Kreis.

Also zu einer unendlichen Kreisbewegung gehört ein unendlicher Kreis? Wie verträgt sich das mit dem, was wir über die unendliche Kreisbewegung gehört haben? Offenbar ein Widerspruch. Vermißt man nicht schon dort die Proportionalität zwischen Größe und Bewegung? Die letztere ist unendlich und die erstere nicht. Richtig hat das auch Prantl[2]) bemerkt und eine Lösung dieser Schwierigkeit gegeben. Er bezeichnet diesen Widerspruch nur als einen scheinbaren. „Der Grundsatz nämlich, sagt er, daß Zeit, Bewegung und bewegter Körper in Bezug auf Unbegrenztheit sich analog verhalten, muß es anscheinend unerklärlich machen, daß, während die Himmelskugel begrenzt ist, ihre Bewegung dennoch eine unbegrenzte und immer dauernde sein soll; aber dieser Widerspruch ist ja gerade bei jenem dualistischen Standpunkte für A. nicht vorhanden; denn das jene ewige Bewegung Bewirkende gilt ihm eben darum, weil es keinen unbegrenzten Körper gibt, als ein Größenloses". Wollen wir uns mit dieser Lösung zufrieden geben? Ich denke, ja. Aber uns scheint A. die Kreisbewegung schon stillschweigend von der Proportionalität ausgenommen zu haben, wenn er ausdrücklich hinzusetzt: „der Zeit nach unendlich"[3]), also nicht der Größe oder der Ausdehnung der Bewegung nach einem Punkte hin, wie wir diesen Gegensatz mit Simplicius[4]) z. d. St. zwischen den Zeilen lesen.

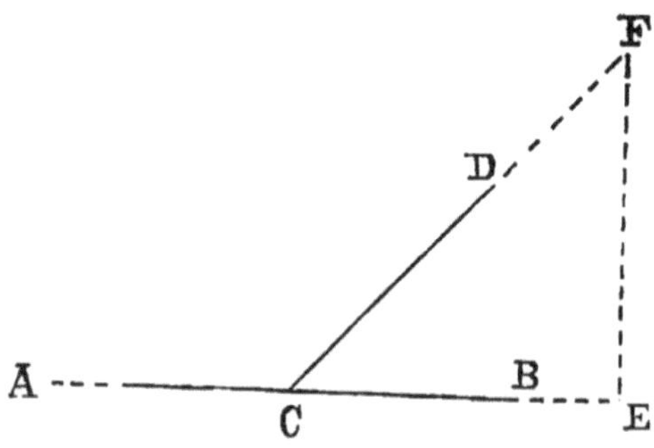

5) Es[5]) sei C Mittelpunkt, AB unendlich, E ⊥ AB und E unendlich, CD bewegt und unendlich; dann wird CD nie von der Linie E wegkommen, sondern immer in der Lage wie CE[6]) sein. Denn jedenfalls schneidet sie jene irgendwo, z. B. in F, also kommt die unendliche Linie nicht im Kreise herum, denn

<hr>

[1]) de coelo 272b 17—24.
[2]) a. a. O. S. 279.
[3]) Phys. 241 b 18—19: οὐκ ἐνδέχεται ἄπειρον εἶναι τῷ χρόνῳ πλὴν μιᾶς· αὕτη δ' ἐστὶν ἡ κύκλῳ φορά.
[4]) p. 416a 29 ff. Zu 241 b 12: καλῶς δὲ „τῷ χρόνῳ" προςέθηκεν, ὅτι οὐ τῷ μεγέθει οὐδὲ τῇ ἐφ' ἓν τῆς κινήσεως ἐκτάσει.
[5]) de coelo 272b 25—28.
[6]) Prantl a. a. O. S. 276 bemerkt: „Dieser fünfte Beweis scheint der mißlichste zu sein. Das Schwierige ist, daß man die senkrechte Linie E an das

das Unendliche kann man nicht durchwandern. Und so zeigt auch wiederum dieser letzte Beweis, daß ein unendlicher Körper nicht im Kreise bewegt werden könne.

Nun, der unendliche Körper muß ja gerade nicht der erste einfache Körper sein, er kann ja auch unter jene einfachen Körper gehören, welche geradlinig bewegt werden [1]). Doch auch damit kommt man nicht weit; denn die Orte für diese Bewegung sind bestimmt und begrenzt und somit auch der Körper selbst. Es finden nämlich die entgegengesetzten Bewegungen nach oben und unten, nach entgegengesetzten Orten statt. Wenn nun einer der Gegensätze bestimmt ist, ist es auch der andere: die Mitte nun ist bestimmt; denn der nach unten sich bewegende Körper kann nicht über die Mitte hinaus. (Man beachte, daß A. die richtige Ansicht hat, alle Bewegung müsse auf einen Mittelpunkt bezogen werden (Gravitation nach der Mitte) wenn er auch, wie Lange [2]) I. Anm. 64 bemerkt, mehr zufällig als kraft seiner Beweisgründe unserer jetzigen Einsicht näher kommt.) Wenn also die Mitte bestimmt ist, dann ist es auch der Ort für das Oben. Sind aber die Orte bestimmt, so sind es auch die Körper, welche ja an einem Orte sein müssen.

Ferner [3]), wenn das Oben und Unten bestimmt sind, so ist es auch das in der Mitte Liegende. Denn wäre die Mitte nicht bestimmt, so hätten wir offenbar eine unendliche geradlinige Bewegung, was nach dem Frühern unmöglich. Daß aber die Mitte bestimmt sein muß, geht auch daraus hervor, daß sowohl der nach oben als der nach unten bewegtwerdende Körper die naturgemäße Mitte verlangt, da der erstere von der Mitte weg, der letztere nach ihr hinstrebt. Muß also deshalb die Mitte bestimmt sein, so ist es natürlich auch der Körper, welcher sich in derselben befindet oder befinden kann.

Ende der unbegrenzten Linie AB setzen muß, also hierdurch eine Grenze des Unbegrenzten feststellt; würde die Senkrechte an irgend einem Punkte, welcher in begrenzter Entfernung von C abliegt, errichtet, so wäre ja augenblicklich ersichtlich, daß der um C sich bewegende Radius CD, auch wenn er unbegrenzt ist, einmal aufhören muß, jene Senkrechte zu schneiden. Ich weiß keine andere Auskunft, als daß A. wohl annahm, bei wirklich aktueller Unbegrenztheit des Radius sei auch der Bogen des Sektors (denn ein Sektor bleibt es ja doch bei solcher Konstruktion der Figur immer) gleichfalls aktuell unbegrenzt groß — eine Annahme, welche in der That insofern gerechtfertigt ist, als das wirklich aktuell Unbegrenzte dem Kalkul begrenzter Größen entzogen ist, z. B. $\frac{\infty}{3} = \infty$

d. h. unvollziehbar. Gilt aber jener Kreisbogen als aktuell unbegrenzt, so bedarf der zu führende Beweis nur mehr des obigen Grundsatzes, daß es unmöglich sei, Unbegrenztes zu durchwandern. Wir von unserem Standpunkt aus können nur sagen, daß ein wirklich unendlich großer Kreis (infinitus) für uns keinen Sinn hat, aber ein nur unbestimmbar großer (indefinitus) den gleichen Gesetzen folgt wie jeder Kreis überhaupt."

[1]) de coelo 273a 6—15.
[2]) Geschichte des Materialismus.
[3]) de coelo 273a 15—21.

Aus diesen Gründen demnach erscheint es widersinnig, die Existenz eines unendlichen Körpers zu verlangen. Will [1]) man dagegen das Bedenken erheben, ein solcher Körper könne sehr wohl unendliche Bewegung haben, da er ja unendlich schwer oder leicht sei, so führt uns das zu einem neuen Grunde, demzufolge es keinen unendlichen Körper geben kann; es widerstreitet nämlich **dem Gesetz der Schwere**, einen solchen anzunehmen.

Wenn [2]) es nämlich einen nach oben oder unten strebenden unendlichen Körper gäbe, so müßte es auch unendliche Schwere oder Leichtigkeit geben; unendlich leicht oder schwer wäre notwendig ein solcher Körper; denn gesetzt, die Schwere wäre nicht unendlich, so hätten wir den Unsinn, daß die Schwere des unendlichen Körpers und des endlichen gleich, oder daß gar die des endlichen größer als die des unendlichen wäre.

Es sei [3]) AB unendlicher Körper, C, seine Schwere, begrenzt; davon werde ein Teil BD mit der Schwere E weggenommen, also

AB   C

BD   .   . _E dann ist offenbar

$E < C$. Die Schwere des Kleinern ist kleiner; E, beliebig oft genommen z. B. dreimal, messe C auf, $3\,E = C$; dann haben wir die Proportion:

$$E : C = BD : BF;$$

denn vom Unendlichen kann man so viel (BF) wegnehmen, als man will, ohne es zu erschöpfen. Dem Grundsatz aber: daß ein kleinerer Körper eine kleinere Schwere und ein größerer Körper eine größere Schwere habe, da ja die Größen sich verhalten wie ihre Schweren, widerspricht die Folgerung, welche wir ziehen müssen; nämlich zur endlichen Größe BF gehört Schwere C; dieselbe Schwere hat aber auch unendlich AB, es wäre also die Schwere vom unendlichen Körper AB und vom endlichen BF gleich. Der Unsinn springt in die Augen.

Ferner [4]) die Schwere von GB, welche wir mit (C + H) bezeichnen, sei größer, als die von BF, dessen Schwere wir im Vorausgehenden mit C bezeichneten. Also ist $(C + H) > C$ und ebenso $GB > BF$, da zum größern Körper (GB) die größere Schwere (C + H) gehört. Daraus ergibt sich, da C Schwere von unendlich AB und Schwere von endlich BF ist, Folgendes:

$GB > BF$ oder $(C + H) > C$ und

$BF = AB$ weil $C = C$; daher

$GB > AB$ oder $(C + H) > C$, also

die Schwere des endlichen Körpers GB ist größer, als die Schwere des unendlichen AB. Außerdem sind die Schweren ungleicher Körper

---

[1]) de coelo 273a 21—23.
[2]) de coelo 273a 24—27.
[3]) de coelo 273a 27 ff., b 1—6.
[4]) de coelo 273b 6—10.

die nämlichen, denn unendlich AB und endlich BF sind doch wohl
ungleich. Ob dabei die Schweren kommensurabel [1]) sind oder nicht,
macht, wie das Folgende darthun wird, keinen Unterschied.

Nehmen wir das Letzte [2]), so haben wir dasselbe Verhältniß, wie
wenn z. B. E, die Schwere von BD, fünfmal genommen über C, die
Schwere von unendlich AB, hinausgeht. Dann ist

$$\frac{\text{da} \quad AB \text{ Schwere } C \text{ und}}{5 \ BD \text{ Schwere } 5 \ E \text{ hat,}}$$

$5\ E > C$, so daß man sagen muß: Die Schwere
des endlichen Körpers 5 BD ist größer als die des unendlichen AB.

Sind [3]) die Schweren kommensurabel, so wird vom Unendlichen
weg BD mit der Schwere E genommen, welch letztere mit C kommen=
surabel sei, so, daß $3\ E = C$; ebenso wird auch $3\ BD = C$ sein der
Schwere nach. Da aber auch unendlich AB Schwere C hat, so werden
die Schweren des endlichen Körpers 3 BD und des unendlichen AB
gleich sein, also dieselbe Ungereimtheit.

Sind [4]) Schwere und Größe mit einander kommensurabel, so
macht es für den Beweis keinen Unterschied, ob die Größen hinsicht=
lich der Schwere gleichartig oder ungleichartig sind. Man kann ja
zu BD gleichschwere Körper hinzunehmen, indem man vom Unend=
lichen entweder hinwegnimmt oder hinzufügt. Folgendes Beispiel,
das wir Thomas von Aquin entnehmen, mag zur Erläuterung
dienen:

$$\frac{AB \text{ unendlich Waffer habe Schwere } C}{BD \text{ endlich Luft} \qquad \text{,,} \qquad \text{,,} \qquad E}$$

$E : C = BD : BF$ (nicht AB, weil zwischen Endlichem
(BD) und Unendlichem kein Verhältniß besteht.) Also BD (Luft) und
BF (Waffer, Teil von unendlich AB) sind ungleichartige Schweren;
sollen diese kommensurabel sein, so werden wir vom unendlichen AB
so viel wegnehmen und zu BD hinzufügen, bis BD der Schwere nach
gleich BF.

Aus dem Gesagten geht also zur Genüge hervor, daß ein unend=
licher Körper unendliche Schwere haben muß [5]). Diese aber ist ein
Ding der Unmöglichkeit.

Eine [6]) endliche Schwere wird in einer bestimmten Zeit eine be=
stimmte Strecke weit bewegt, und je größer diese Schwere sein wird,
desto schneller durchmißt sie diese Strecke. Eine unendliche Schwere
nun wird einmal so weit bewegt werden, als eine endliche, insofern
die erstere jedenfalls so groß ist, wie die endliche, nur wird sie, weil

---

[1]) de coelo 273b 10—11.
[2]) de coelo 273b 11—15.
[3]) de coelo 273b 15—23.
[4]) de coelo 273b 23—26.
[5]) de coelo 273 b 26—28. Dies geht auch aus de animal. motione
699b 17 hervor: ... οὐδὲ .. ἡ γῆ ἄπειρος, ὥστ' οὐδὲ τὸ βάρος αὐτῆς.
[6]) de coelo 273b 29 ff., 274a 1—9.

Zeit und Schwere im umgekehrten Verhältnis zu einander stehen, in geringerer Zeit sich bewegen. Zwischen unendlicher und endlicher Schwere aber besteht kein Verhältnis, wohl aber zwischen der kleinern und größern endlichen Zeit; bei der unendlichen Schwere hätten wir die Proportion:

$$P : p = xt : T \;[1]$$

Das erste Verhältnis ist unstatthaft, also auch das zweite, d. h. es kann keine Zeit geben, in welcher sich die unendliche Schwere bewegt. Sie müßte es jedenfalls in einer kleinsten Zeit. Eine solche aber gibt es, wie wir gehört haben, nicht. Also kann es auch keine unendliche Schwere geben, da sie keine Zeit [2] zur Bewegung hätte. Aber nehmen [3] wir den Fall, es gäbe eine kleinste Zeit. Was dann?

In diesem Falle würde unendliche und endliche Schwere auf der=selben Strecke bewegt. Wenn nämlich A unendliche, B endliche Schwere, C kleinste Zeit, in welcher sich A, und wenn D die Zeit ist, in der B sich bewegt, so verhält sich:

$$A : B = C : D$$

Nun aber können wir B vergrößern, so daß es sich in immer kleinerer Zeit bewegt, bis es sich in der Zeit C bewegt. Es sei aber das vergrößerte $B = B + E$; dann haben wir die Proportion: $A : (B + E) = C : C$, d. h. es bewegt sich A, eine unendliche und $(B + E)$ eine endliche Schwere in derselben Zeit. Dasselbe [4] ungereimte Resultat ergibt sich, wenn auch eine beliebige nur noch begrenzte Zeit angenommen wird, während welcher das Unendliche bewegt werden soll. Denn man wird wiederum eine andere begrenzte Schwere nehmen, welche in derselben Zeit sich bewegen wird, wie die unendliche.

Da ein unendlicher Körper keine unendliche, auch natürlich keine endliche Schwere haben kann, so hätten wir die sonderbare Erscheinung eines Körpers ohne Schwere.

Was A. vom Raume, von der Bewegung und der Schwere lehrt, all das gestattet nicht, einen unendlichen Körper anzunehmen. Dazu kommt die weitere Erwägung, daß, während einem Naturgesetz zufolge jeder [5] Körper eine Einwirkung ausübt oder eine solche erfährt, beim unendlichen dies unmöglich erscheint, indem weder

---

[1] P = pondus infinitum; p = pondus finitum; t = tempus minus; T = tempus maius.

[2] Mit diesen Ausführungen vergleiche man Wundt a. a. O. S. 104: Bei allen Wirkungen der Gravitation führt die Voraussetzung eines nach Masse und Raum unendlichen Weltalls zu unlösbaren Widersprüchen. Ein solches Universum würde überall und darum nirgends einen Schwerpunkt haben. An jedem Punkte würde die Größe der Anziehungen also der Druck unendlich groß sein. Es wäre nicht möglich, auch nur die relative Geschwin=digkeit eines bewegten Körpers zu bestimmen, da jede relative Bewegung an irgend einer absoluten Bewegung schließlich muß gemessen werden können.

[3] de coelo 274a 10—13.

[4] de coelo 274a 13—18.

[5] de coelo 275b 4—6.

1) das Endliche aufs Unendliche, noch
2) das Unendliche aufs Endliche, noch auch
3) das Unendliche aufs Unendliche wirken kann.

1) Es sei A[1]) unendlich, B endlich, C die Zeit, in welcher B bewegte oder A bewegt wurde.

Endlich B[2]) wirke auf unendlich A in Zeit C; ferner sei $D < B$, und endlich D wirke auf endlich E in Zeit C, d. h. ein Kleineres (D) bewege in gleicher Zeit (C) ein Kleineres (E). Dann haben wir: $D : B = E : F$ (F sei begrenzte Größe), d. i. ein Kleineres (E) wird in der gleichen Zeit (C) von einem Kleineren (D) bewegt, zu welchem das Verhältnis endlich sein wird.

Weil nur Gleiches in gleicher Zeit Gleiches ändert, Kleineres in gleicher Zeit Kleineres und Größeres in gleicher Zeit Größeres, und zwar in demselben Verhältnis, in welchem das Größere zum Kleinern steht, so kann die Proportion

$$D : B = E : A,$$

welche man erwarten sollte, nicht stattfinden, d. h. wie $D : E$ kann sich nicht auch $B : A$ verhalten, da im ersten Verhältnis Endliches zu Endlichem sich verhält, im letzteren aber Endliches zu Unendlichem sich verhalten müßte. Aber zwischen dem Endlichen und Unendlichen gibt es kein Verhältnis. B kann also nie auf A wirken oder allgemein das Endliche nicht aufs Unendliche.

2) Das[3]) Unendliche kann in keiner Zeit das Endliche bewegen.

Es sei A[4]) unendlich, B endlich, C die Zeit, in welcher die Einwirkung geschieht.

Unendlich A wirke auf endlich B in Zeit C; Z sei Teil von B, und D von A. Endlich D wirke auf endlich Z in Zeit C.

D aber wird in Zeit C auf weniger als B nämlich auf Z Einwirkung ausüben. Dann ist:

$(B + Z)$[5]$) : Z = E : D$; man denke E, Teil von unendlich A auf $(B + Z)$ wirkend, d. h. das Endliche (E) und das Unendliche (A) werden in gleicher Zeit (C) an B eine Veränderung bewirken, was unmöglich ist, weil, wie wir bei der Be-

---

---

[1]) de coelo 275a 1—14.

[2])   B —— A in C
    D —— E in C
    ———————————
    $D : B = E : F$ (F Teil von A).

[3]) de coelo 275a 14—24.

[4])   A —— B in C
    D —— Z in C
    ———————————
    $(B + Z) : Z = E : D$ (E Teil von A).

[5]) Schwierigkeit, vielmehr Unklarheit, welche wir dadurch zu umgehen suchen, daß wir mit Prantl das ganze B mit $B + Z$ bezeichnen, verursacht hiebei, wie Simplicius p. 483a 25 ff. zu 275a 14 richtig anmerkt, daß A. das B, welches vom unendlichen A bewegt wird, weiterhin, weil es das Z als Kleineres in sich schließt, mit BZ bezeichnet.

trachtung über die unendliche Schwere sahen, das Größere in kleinerer und nicht in gleicher Zeit eine Veränderung bewirkt. Wenn man nun etwa die Zeit immer größer und größer nehmen wollte, so wird doch keine herauskommen, in welcher das Unendliche aufs Endliche wirken kann. Auch nicht, wenn man die Zeit unendlich nimmt, ist Bewegung möglich; denn die Zeit zwar hat keine Grenze, aber das Einwirkung-Üben und eine solche Erfahren oder das Bewegen und Bewegtwerden.

3) Das Unendliche[1] kann vom Unendlichen keine Einwirkung erfahren.

Es sei A und B unendlich, CD Zeit.

Unendlich A[2] wirke auf unendlich B in Zeit CD; denn in größerer Zeit wird das Größere bewegt.

Unendlich A wirke auf endlich E in Zeit D; in kleinerer Zeit wird das Kleinere bewegt.

$$E < B, \text{ E Teil von B, } D < CD;$$
darnach ist:

$D : CD = E : Z$ (Z begrenzt und Teil von unendlich B); denn $D : CD = E : B$ ist unmöglich, weil zwischen Endlichem (E) und Unendlichem (B) kein Verhältnis besteht. Daher ist auch das erste Verhältnis $D : CD$ unzulässig, d. h. in keiner Zeit, nicht in größerer und nicht in kleinerer wird das Unendliche vom Unendlichen eine Einwirkung erfahren. Also in unendlicher Zeit. Aber die unendliche Zeit hat allerdings kein Ende, wohl aber das Bewegte, d. h. das, was Einwirkung ausübt oder erfährt, hat ein Ende. Also wird auch das Unendliche aufs Unendliche nie eine Einwirkung ausüben.

Wenn nun ein unendlicher Körper nicht fähig ist, weder auf einen andern zu wirken noch auf sich wirken zu lassen, so hat er, weil einer wesentlichen Eigenschaft beraubt, seine Existenz schon verwirkt.

Alle bisher aufgeführten, einen unendlichen Körper ablehnenden Momente finden sich in einem kleinen Abschnitte gesammelt, mit dem wir die Beweise gegen einen unendlichen Körper schließen.

Der unendliche Körper kann nicht gleichteilig sein, weil er weder kreisförmiger noch geradliniger Bewegung teilhaft ist.

Die[3] Kreisbewegung ist nicht zulässig, weil das Unendliche, wie bewiesen, sich nicht im Kreise bewegen kann. Ja, auch der Begriff[4] Kreisbewegung, welche ja die Bewegung um einen Mittelpunkt ist, schließt sich beim Unendlichen selbst aus. Denn wo ist ein Mittelpunkt im Unendlichen?

---

[1] de coelo 275a 24 ff., b 1—6.

[2] $A \longrightarrow B$ in CD
  $A \longrightarrow E$ in D
  $D : CD = E : Z$ (Z Teil von B).

[3] de coelo 274b 26—29.

[4] de coelo 275b 13—15.

Hat [1]) der unendliche Körper aber geradlinige Bewegung, so muß er nach oben gehen, also unendlich leicht sein, oder nach unten und unendliche Schwere haben. Nun aber gibt es keine unendliche Schwere oder Leichtigkeit, und somit fällt die unendliche geradlinige Bewegung von selbst weg. Gleichteilig kann also ein unendlicher Körper nicht sein.

Auch [2]) deshalb ist ein solcher undenkbar, weil er überhaupt keine Bewegung hätte. Denn entweder wird er naturgemäß oder durch Gewalt bewegt werden. Wenn durch Gewalt, so hat er offenbar auch eine naturgemäße Bewegung. Wir hätten dann einen unendlichen Ort, wo er durch Gewalt ist, und einen ihm eigentümlichen, also zwei verschiedene unendliche Orte, was unmöglich; denn es gibt überhaupt keinen unendlichen Ort.

Ungleichteilig ferner kann dieser unendliche Körper nicht sein, sowohl wenn er begrenzt viele Arten von Teilen als unbegrenzt viele hat. Im ersteren [3]) Falle wird jeder einzelne Teil unendlich sein. (Die weitere Möglichkeit, daß bloß Ein Teil unendlich, die andern endlich seien, wird hier nicht berührt, da schon früher zur Genüge oft gesagt wurde, daß der unendliche Teil über die endlichen überwiege, wie Thomas von Aquin ganz richtig seiner Erklärung beifügt). Zum Beispiel wenn einer unter den artverschiedenen Teilen das Feuer ist, oder ein anderer das Wasser, so ist das aus zwei Gründen unmöglich. Einmal müßte ein solcher Teil, z. B. Wasser, unendlich schwer sein und demgemäß nach unten streben, erforderte also einen unendlichen Ort. Eine unendliche Schwere aber gibt es nicht und — das ist der zweite Grund — ebenso wenig einen unendlichen Ort. Ein solcher Teil könnte also sich gar nicht bewegen, was naturwidrig, daher kann der Teil nicht unendlich sein [4]). Wollte aber jemand entgegenhalten, ein einzelner solcher Teil, z. B. das Feuer, müsse nicht unendlich sein, denn es könnten ja die einzelnen Teile getrennt für sich, nicht als Eine Masse existieren, so ist zu erwidern, daß eben diese unendlich vielen [5]) Teile zusammengenommen doch unendlich wären.

Auch [6]) widerspricht der Begriff eines unendlichen ungleichartigen Körpers dem Begriffe des Raumes überhaupt. Denn wenn Körper etwas nach allen Seiten hin Ausgedehntes ist, und unendlicher Körper, der nach allen Seiten ins Unendliche ausgedehnte, wie kann es sein, daß in Einem Unendlichen mehrere ungleichartige unendliche Körper sind?

Da auch von dieser Seite betrachtet die Unendlichkeit nicht möglich ist, so bleibt zu untersuchen, wie es mit der Bewegung dieser

---

[1]) de coelo 274b 22—25.

[2]) de coelo 274b 29—32.

[3]) de coelo 274b 5—18.

[4]) de coelo 274b 18—19.

[5]) Denn offenbar nur in unendlich viele Teile könnte ein solcher Körper, wie Feuer, geteilt sein; aus endlich vielen Teilen zusammen kann nie ein Unendliches werden. Man müßte nur einen Teil als unendlich und die andern endlich, also doch begrenzt viele Teile annehmen.

[6]) de coelo 274b 19—22.

einzelnen unendlichen Teile steht. Es müßten nämlich, wären die einzelnen Teile unendlich, die Orte der Größe nach unendlich und folglich auch die Bewegungen für die Teile unendlich sein. Diese unendliche Bewegung aber kann sich nicht im Kreise vollziehen aus den bekannten Gründen, und geradlinige unendliche Bewegung gibt es nicht. Die Teile sind also bewegungslos, was gegen die Natur ist; ist dies der Fall, so können die Teile und mithin der aus ihnen bestehende Körper nicht unendlich sein.

Tritt[1]) nun die zweite Möglichkeit ein, daß die Arten der Teile unbegrenzt viele sind, so müssen, da jeder Körper und somit auch der einfache, eine Bewegung haben muß und da die den einfachen Körpern entsprechenden einfachen Bewegungen endlich viele sind, auch die Er= scheinungsformen der Körper endlich viele sein, d. h. es kann nur drei verschiedene Arten und nicht unendliche viele von einfachen Körpern geben, solche nämlich, welche nach oben, nach unten und im Kreise bewegt werden. Die unter diese Arten fallenden einzelnen Körper können allerdings unendlich viele sein.

Sollten alle diese Gründe, welche in breiter, fast ermüdender Darstel= lung ausgesponnen sind, für einen enragierten Anhänger des Unendlichen vermögend sein können, daß er den Glauben an einen sinnlich wahrnehm= baren unendlichen Körper aufgibt, so wird er doch noch zu dem letzten ihm offenstehenden Ausweg seine Zuflucht nehmen und sich als Pytha= goreer oder Anhänger Platos bekennen, um nicht bloß das Unend= liche zu retten, sondern sogar an ihm ein Prinzip zu haben. Aber unerbittlich schneidet ihm A. auch diesen letzten Rettungsversuch ab.

Das Unendliche[2]) ist Wesenheit, selbst etwas Eigenes seiend, keines andern Substrates bedürftig, ist Substanz, sagten Pythagoreer und Plato. Es ist also weder Größe[3]) noch Zahl das Substrat dieses Unendlichen. Daß es aber einem andern als Accidens zukomme, ist schon von vornherein ausgeschlossen, da es ja als Wesen bezeichnet wird. Dann aber muß es unteilbar sein, also vom Begriff jeglicher Größe überhaupt losgetrennt werden. Ein solches Unendliches aber verdient diesen Namen eigentlich gar nicht mehr, außer nur in dem höchst eigentümlichen Sinne der Aristotelischen „Beraubung"[4]), daß nämlich das, was gar keine Größe hat, bei dem also von Durch= wandern gar keine Rede sein kann, unendlich genannt wird, gerade so, wie die Stimme unsichtbar, während sie doch gar nicht zum Gebiete des Unsichtbaren gehört. Ein solches Unendliches aber kann der Physiker nicht brauchen.

Wenn[5]) ferner das Unendliche ein der Zahl und der Größe an und für sich Zukommendes, also ein wesentliches Accidens ist, das=

---

[1]) de coelo 274b 1—5.
[2]) Phys. 203a 4—5: . . . οἱ μὲν ὥσπερ οἱ Πυθαγόρειοι καὶ Πλάτων, καθ' αὑτό, οὐχ ὡς συμβεβηκός τινι ἑτέρῳ, ἀλλ' οὐσίαν αὐτὸ ὂν τὸ ἄπειρον.
[3]) Phys. 204a 8—14.
[4]) cf. S. 14, Anm. 10.
[5]) Phys. 204a 17—20.

selbe aber nach Ansicht der Pythagoreer als selbstseiend, als Wesen existieren soll, wie ist es dann nicht wunderlich, daß, da nicht einmal Zahl und Größe, welche doch Substanzen sind, getrennt vom Sinn= lichen existieren können, daß, sagen wir, eine Eigenschaft, wenn auch eine wesentliche, sozusagen hypostasiert, zum Wesen erhoben wird[1])?

Wenn es also mit der Wesenheit des Unendlichen so schlimm aussieht, wird auch dessen Bedeutung als Prinzip[2]) sehr gefährdet sein; denn indem die Pythagoreer das Unendliche als solches aus= geben, müssen sie es offenbar aktuell existieren lassen, wobei sie in die mißliche Lage geraten, ihrem Prinzip entweder das Wesen oder die Aktualität absprechen zu müssen.

Da das Unendliche[3]), wenn es ein Wesen ist und nicht von einem andern zu Grunde Liegenden ausgesagt wird, und das Unend= lichsein identisch sind, so ist jeder Teil des Unendlichen — als aktuell= seiend muß es teilbar sein — ebenfalls unendlich, es ist also Eines unendlich Vieles, was unmöglich. Daß es aber unteilbar sei, ist zwar dem Unendlichen als Wesen entsprechend, nichtsdestoweniger aber unstatthaft; denn als aktuell muß es quantitativ und somit teilbar sein. Dann aber kann es nicht mehr Wesen sein, denn als solches ist es unteilbar. Und wenn die Pythagoreer es dennoch teilen, so sind sie im Irrtum.

Wollte[4]) man nun das Unendliche als Wesen zwar aufgeben, aber dessenungeachtet es als Prinzip betrachten, wie die jonischen Naturphilosophen thaten, so ist diese Anschauung gerade so naiv, wie der Schluß, welcher, weil der Laut Element der Sprache und unsichtbar ist, das Unsichtbare als Element der Sprache bezeichnet. Und wahrlich keinen andern Schluß machen die, welche einfältiger Weise behaupten, das Unendliche sei Prinzip des Seienden und nicht vielmehr die Luft oder sonst ein Element, welchem das Unendliche zukommt.

Indessen wenn man nicht mit den Pythagoreern oder Plato gehen will, scheinen zwei andere keineswegs verächtliche Gründe den Verteidigern des unendlichen Körpers zu Gebote zu stehen.

Xenophanes[5]) meinte, zum Begrenztsein gehören Mehrere und daher wollte er seine Gottheit, um ihr die Einheit zu wahren, vom Begrenztsein überhaupt ausschließen. In demselben Wahn befangen sind diejenigen, welche mit der Behauptung[6]), das Begrenzte müsse

---

[1]) Th. v. Aq. l. VII: Minus est separabile et per se existens passio quam subiectum. Sed infinitum est passio magnitudinis et numeri: sed magnitudo et numerus non possunt separari et per se existere, ut in Metaphysica probatum est; ergo neque infinitum.
[2]) Phys. 204a 20—21.
[3]) Phys. 204a 22—34.
[4]) Phys. 204a 14—17 u. 30—31.
[5]) cf. S. 6.
[6]) Phys. 203b 20—22: ἔτι τῷ τὸ πεπερασμένον ἀεὶ πρός τι περαίνειν, ὥστε ἀνάγκη μηδὲν εἶναι πέρας, εἰ ἀεὶ περαίνειν ἀνάγκη ἕτερον πρὸς ἕτερον.

immer in Bezug auf etwas begrenzen, so daß es keine Grenze gebe, wenn immer das Eine das Andere begrenzen müsse, einen unendlichen Körper zu halten suchen. Sie fassen [1]) damit das Begrenztsein nur relativ, und das ist eben das Falsche, die Blöße, welche sich A. nicht entgehen läßt, indem er sie darauf hinweist, daß das Begrenztsein eben nicht relativ sei, und daß man dasselbe nicht mit dem Berühren verwechseln dürfe, das sich stets auf ein Etwas beziehe und an dem Begrenzten vorkomme.

Aber selbst wenn man ihnen zugäbe, daß das Begrenztsein relativ, also ein Berühren sei, so ginge es doch nicht ins Unendliche, so daß immer ein anderes für ein anderes berührend wäre; denn einmal kann nicht das nächste Beste für das nächste Beste ein Berührendes sein, und zweitens, wenn etwas ein Berührendes ist [2]), muß es darum noch nicht kontinuirlich sein. Der Begriff der Kontinuität aber ist dem Unendlichen, wie gezeigt [3]), wesentlich.

Unschwer fand sich A. mit diesem Einwande ab. Aber was wird der Stagirite dem voll Siegesbewußtsein gegen ihn auftretenden Gegner, welcher das Unendliche auf das Denken stützen zu können überzeugt ist, zu antworten haben?

„Im Denken [4]) gibt es keine Grenze, die Zahl ist nur unendlich, weil man immer weiter denken kann, die Mathematiker brauchen das aktuell Unendliche, außerhalb des Himmelsgebäudes kann man immer noch etwas denken. Also muß unendlicher Raum sein. Ist dieses, so gibt es auch einen unendlichen Körper und mehrere Welten. Wenn man aber einwerfen will, es könnte ja ein leerer Raum außerhalb des Weltgebäudes sein, so ist nicht abzusehen, warum es außerhalb der Welt einen leeren Raum geben sollte, während sonst doch nach A. Lehre keiner existiert. Es muß also ein mit Masse erfüllter Raum außerhalb der Welt sein, es muß einen unendlichen Körper geben. Es muß, nicht, es kann; denn wenn ewig das ist, was immer ist, möglich dagegen, was auch nicht sein kann, so ist selbstverständ= lich bei dem Ewigen und Notwendigen jede Möglichkeit ausgeschlossen."

Nachdem A. den Grund, für die Existenz des Unendlichen sich

---

[1]) Phys. 208a 11—14: ἔτι τὸ ἅπτεσθαι καὶ τὸ πεπεράνθαι ἕτερον. τὸ μὲν γὰρ πρός τι καὶ τινός (ἅπτεται γὰρ πᾶν τινός) καὶ τῶν πεπερασμένων τινὶ συμβέβηκε· τὸ δὲ πεπερασμένον οὐ πρός τι, οὐδ' ἅψασθαι τῷ τυχόντι τοῦ τυχόντος ἐστίν.

[2]) Phys. 227a 21—22: καὶ εἰ μὲν συνεχές, ἀνάγκη ἅπτεσθαι, εἰ δ' ἅπτεται, οὔπω συνεχές.

[3]) cf. S. 29, Anm. 3.

[4]) Phys. 203b 23—30: . . . διὰ γὰρ τὸ ἐν τῇ νοήσει μὴ ὑπολείπειν καὶ ὁ ἀριθμὸς δοκεῖ ἄπειρος εἶναι καὶ τὰ μαθηματικὰ μεγέθη καὶ τὸ ἔξω τοῦ οὐρανοῦ. ἀπείρου δ' ὄντος τοῦ ἔξω, καὶ σῶμα ἄπειρον εἶναι δοκεῖ καὶ κόσμοι· τί γὰρ μᾶλλον τοῦ κενοῦ ἐνταῦθα ἢ ἐνταῦθα; ὥστ' εἴπερ μοναχοῦ, καὶ πανταχοῦ εἶναι τὸν ὄγκον. ἅμα εἰ καὶ ἔστι κενὸν καὶ τόπος ἄπειρος, καὶ σῶμα ἄπειρον εἶναι ἀναγκαῖον· ἐνδέχεσθαι γὰρ ᾖ εἶναι οὐδὲν διαφέρει ἐν τοῖς ἀϊδίοις.

auf das Denken[1]) zu berufen, als den eigentlichsten, der allen gemein=
same Schwierigkeit bereitet, bezeichnet hat, ist man mit Recht gespannt,
wie er sich mit den eben erhobenen aus der Unendlichkeit des Denkens
fließenden Schwierigkeiten auseinandersetzen werde.

Was den Einwurf betraf, die Mathematiker hätten ein aktuell
Unendliches[2]) notwendig, so war es A. leicht, denen, die sich des=
selben bedient hatten, ihr Mißverständnis nachzuweisen. Bei der
Zahl[3]) allerdings mußte er zugeben, daß die Unendlichkeit derselben
im Denken liege. Mit der weitern Folgerung aber, welche dem Fest=
halten an der Unendlichkeit des Denkens entspringt, nämlich der Un=
endlichkeit des Alls, kann A. bei seiner objektivistischen Weltanschauung
sich nicht mehr einverstanden erklären und er schneidet daher jede Er=
örterung kurz damit ab, daß er die Forderung, sich aufs Denken[4])
zu berufen, als einfältig bezeichnet. Wenn wir Menschen uns ins
Unendliche vergrößert und wenn wir jemand außerhalb der Stadt
denken, so kommen wir deshalb in Wirklichkeit weder über unsere
körperliche Größe hinaus, noch ist, weil wir es denken, jemand wirk=
lich außerhalb der Stadt, es müßte nur zufällig sich treffen, daß
unsere Gedanken mit der Wirklichkeit sich decken. Es liegt also das
Hinausgehen ins Unendliche und das Zurückbleiben ins Unendliche
nach dem Kleinern hin, nicht auch in den Dingen, sondern nur in
unserm Denken. So ist es auch bei der Größe; es gibt keine aktuell
unendliche Größe der Zunahme nach, weil wir es denken, noch auch
eine unendlich kleinste der Teilung nach. Dagegen muß bei der Zeit
und Bewegung[5]) allerdings eingeräumt werden, daß das Denken, das
jedesmal Genommene, aber nicht bestehen Bleibende erfaßt, also die
Unendlichkeit bei diesen beiden sich aufs Denken zurückführt. Kurz
die Dinge sind nicht unendlich, weil wir sie so denken, sondern wir
denken sie unendlich, weil sie es sind[6]).

---

[1]) Phys. 203b 22: *μάλιστα δὲ καὶ κυριώτατον, ὃ τὴν κοινὴν ποιεῖ
ἀπορίαν πᾶσιν·*

[2]) cf. S. 24.

[3]) cf. S. 25 Anm. 5.

[4]) Phys. 208a 14—23.

[5]) Phys. 208a 20: *ὁ δὲ χρόνος καὶ ἡ κίνησις ἄπειρά ἐστι καὶ ἡ νόησις
οὐχ ὑπομένοντος τοῦ λαμβανομένου.*

[6]) Wenn Th. v. Aquin mit *ὁ χρόνος* den vierten und *μέγεθος* den
fünften Grund, welcher für ein Unendliches spreche, abgethan wissen will, so
ist das falsch; der ganze Abschnitt von *τὸ δὲ τῇ νοήσει — μέγεθος —
ἄπειρον* gehört zusammen, was schon äußerlich das *οὔτε τῇ νοητικῇ αὐξήσει*
zeigt. Brandis II, 2. Abtlg. S. 738 Anm. 173 sagt: „Zwei der dort (Phys.
203b 15—25) für das Sein des Unendlichen angeführten Argumente werden
am Schlusse nur ganz kurz berührt, wahrscheinlich weil ihre Erledigung die
Erörterung der Begriffe der Zeit und der unendlichen Teilbarkeit des Aus=
gedehnten voraussetzt.“ Wir halten dies ebenfalls nicht für richtig. Von der
Größe ist ausführlich gehandelt, daß sie ins Unendliche teilbar sei (freilich nicht
warum), und nebenbei der Einwurf bezüglich des mathematisch Unendlichen
abgewiesen worden. Die Zeit allerdings ist nicht berücksichtigt. Darum glauben

Mit diesem letzten Grunde ist auch zugleich die Unendlichkeit der Welt in räumlicher Beziehung verworfen. Zwar sahen auch die frühern Philosophen, wie sich aus der Geschichte des Unendlichen ersehen läßt, fast durchweg unser Weltgebäude als räumlich begrenzt an, konnten aber doch mit merkwürdiger Inkonsequenz die Frage, was außerhalb der Welt sei, damit beantworten, daß sie einen unendlichen Urstoff annahmen. Nur Melissus [1]) setzte sich, indem er die Unendlichkeit des Alls lehrte, gegen Parmenides [2]), welcher ausdrücklich das All für begrenzt erklärte, in ausgesprochenen Gegensatz und damit seinen Verstand in sehr schiefes Licht. Doch fand er bei Spätern keinen Anklang, wenn wir das unendliche Weltall des Heraklides [3]) ausnehmen wollen. Nun lehrt auch A. die Begrenztheit der Welt, aber jenseits seiner Welt ist nichts, weder ein unendlich leerer noch ein erfüllter Raum.

Suchen wir nach Beweisen für diese Anschauung, so können alle diejenigen, welche dafür geltend gemacht wurden, daß ein unendlicher Körper unmöglich Kreisbewegung haben könne, als solche für die Endlichkeit des Alls benützt werden. Denn wenn das Unendliche nicht im Kreise bewegt werden kann, das All aber augenscheinlich kreisförmige Bewegung hat, so liegt der Schluß nahe: weil das Letztere der Fall ist, muß das All endlich sein. Und zu diesem Resultate kommt denn A., indem er immer wieder und wieder auf den Satz zurückgreift: Unendliches in endlicher Zeit zu durchwandern, ist unmöglich, oder an Endlichem kann sich Unendliches in endlicher Zeit nicht bewegen.

Nehmen [4]) wir nämlich an, das Himmelsgebäude sei unendlich und bewege sich an einer begrenzten Größe AB in begrenzter Zeit, dann bewegt sich ein Unendliches an einem Endlichen in endlicher Zeit.

Oder [5]) sagen wir, das Himmelsgebäude sei unendlich, so wird es in begrenzter Zeit das Unendliche durchwandert haben. Man denke sich z. B. ein Himmelsgebäude ruhend und unendlich und ein anderes ebenfalls unendlich, in diesem bewegt. Wenn nun das angeblich unendliche Himmelsgebäude im Kreise herumgekommen ist, so hat ein Unendliches ein Unendliches in endlicher Zeit durchlaufen, was, wie gezeigt, unmöglich. Umgekehrt [6]) können wir auch so schließen: Die Zeit, in welcher das Himmelsgebäude im Kreise herumkam, ist offenbar eine begrenzte. Da aber Zeit und Bewegung und bewegter Körper in Proportion zu einander stehen müssen, so muß, da die Zeit

---

wir, daß in dem letzten Abschnitte 208a 5—24 nur die drei letzten für ein Unendliches sprechenden Gründe abgefertigt werden: Unendliches Werden, gegenseitiges Begrenzen, Unendlichkeit des Denkens.

[1]) cf. S. 7.
[2]) cf. S. 6.
[3]) cf. S. 13.
[4]) de coelo 272b 24—16.
[5]) de coelo 272b 28—32.
[6]) de coelo 273a 1—6.

begrenzt ist, auch die Größe, über welche die Bewegung hinging, begrenzt sein.

Das Weltgebäude aber hat nach der Voraussetzung ein ihm selbst gleiches durchlaufen. Wenn nun dieses begrenzt sein muß, so ist es natürlich selbst ebenfalls begrenzt.

Trotz dieser Ausführungen aber an der Unendlichkeit des Alls festhalten, das kann nur im Widerspruch mit den Gesetzen der Bewegung geschehen.

Denn [1]) die Kreisbewegung kann das All, falls es unendlich ist, nicht haben, weil der Mittelpunkt fehlt, um den sie stattfinden soll, da ja das Unendliche keinen Mittelpunkt hat.

Nicht [2]) weniger unsinnig sind die Konsequenzen, wenn wir dem unendlichen All eine geradlinige Bewegung zuschreiben. Denn es muß in diesem Falle einen ebenso großen unendlichen Ort geben, wohin es naturgemäß sich bewegt, und einen andern, wohin gewaltsam. In beiden Fällen ist eine unendliche Kraft nötig. Denn das Unendliche erheischt auch eine unendliche Kraft, welche in einem Unendlichen sein muß, da weder in einem Begrenzten eine unendliche, noch in einem Unendlichen eine endliche Kraft sein kann [3]). Also hätten wir zwei Unendliche, eines, das naturgemäß oder gewaltsam bewegt wird, und eines, das diese letztere Bewegung bewirkt. Dieses bewegende Unendliche muß aber ein lebendes Wesen oder etwas anderes sein. Das Erstere ist rein unmöglich; im letztern Fall aber haben wir ein bewegendes und ein bewegtwerdendes Unendliches, welche beide an Gestalt und Kraft sich unterscheiden. Also wiederum zwei Unendliche, welche, wie wir noch beifügen, nicht einmal auf einander wirken könnten.

Auch die Bemerkung [4]), daß am All ebenso wie an jedem einzelnen sinnlich wahrnehmbaren Körper die Unterschiede des Oben und Unten, Vorn und Hinten, Rechts und Links müssen gemacht werden können, mag ein Beweis für die Begrenztheit des Weltgebäudes sein. Denn wie lassen sich bei einem unendlichen All solche Unterschiede bestimmen?

Wollte sich jemand mit der Lehre der Atomiker decken, um dem All die Unendlichkeit zu wahren, so befindet er sich in keiner beneidenswerten Stellung.

Wenn [5]) nämlich das All nicht kontinuirlich ist, sondern die einzelnen Körperchen durch leeren Raum getrennt sind, ihre Natur aber dieselbe und nur ihre Gestalt verschieden ist, so muß auch die Bewegung aller Körperchen Eine und dieselbe sein, sowohl des Teiles wie des Ganzen. Also wird es bloß Eine Bewegung geben, entweder bloß nach oben, wenn alle Körperchen leicht, oder bloß nach unten, wenn alle schwer sind. Wir hätten dann im ersten Fall einen äußersten

---

[1]) de coelo 275b 12—15.
[2]) de coelo 275b 15—29.
[3]) Phys. 266a 25 ff., b 1—5.
[4]) cf. S. 47.
[5]) de coelo 275b 30 ff., 276a 1—17.

Punkt im All, und falls alle schwer sind, eine Mitte. Denn da zu jeder Bewegung, der naturgemäßen wie der naturwidrigen, Orte gehören, zur ersteren die ihr eigentümlichen, zur letzteren die fremden, so müßte es eine Mitte, ein Oben und Unten geben, was beim Unendlichen unmöglich. Wenn es nun für die naturwidrige Bewegung einen Ort geben muß, der ihr naturgemäß ist, so kann — ein Selbstwiderspruch, der den Atomikern entgangen ist — nicht Alles schwer oder leicht sein. Mit andern Worten: Beim atomistischen Standpunkt wird einmal der Unterschied der Bewegung aufgehoben und die Bewegung überhaupt. Die Annahme eines unendlichen Alls ist also selbst für einen Atomiker mit Bedenken verknüpft.

Die Frage [1]), ob, wenn es auch kein unendliches All gibt, das Weltgebäude nicht so groß sein könnte, daß es mehrere, nur nicht unendlich viele Welten gebe, wird sich von A's. Standpunkt kurz mit folgender Erwägung beantworten lassen.

Wenn [2]), wie man behauptet, das Denken einen Körper außerhalb des Alls verlangt, es also einen gedachten gibt, so müßte er an einem Orte sein; denn das Außerhalbsein ist an einem Orte sein (da das Wo sein und das an einem bestimmten Orte sein gleichbedeutend ist). Was aber an einem Orte ist, ist nicht mehr gedacht, sondern (eine eigentümliche, bedenkliche Folgerung!) sinnlich wahrnehmbar. Einen intelligiblen Körper außerhalb der Welt gibt es demnach nicht, sondern nur einen sinnlich wahrnehmbaren, welcher unendlich nicht sein kann, weil es keinen unendlichen Körper gibt, begrenzt nicht, weil ein solcher außerhalb nicht existiert, was de coelo I, 8—9 gezeigt wird. Ist somit die Möglichkeit unendlich vieler, zugleich bestehender Welten von vornherein abgewiesen, so scheint noch die andere gegeben, unendliche viele Welten nacheinander anzunehmen, was Anaximander, Anaximenes und Diogenes wahrscheinlich, Xenophanes, die Atomiker, Heraklit und Empedokles sicherlich thaten. Und dies führt uns auf eine andere, höchst bedeutsame Frage. Es wurde nämlich schon früher bemerkt, daß diese Philosophen die Ewigkeit des Stoffes lehrten, daß sie aber ebenso, wie die Pythagoreer, Anaxagoras und Plato, welche nur Eine Welt annahmen, unser Weltgebäude in der Zeit einen Anfang nehmen ließen. Der Aufgabe, dieses Problem zu einem endgiltigen Abschluß zu bringen, konnte sich A. unmöglich entschlagen. Mußte schon die Schwierigkeit der Lösung reizen, eine Schwierigkeit, deren sich A., wie folgende Worte zeigen, wohl bewußt war: Die Frage [3]), ob die Welt ewig sei, ist eine solche, bei der es auch Beweise fürs Gegenteil gibt, bei

---

[1]) de coelo 274a 24—28.
[2]) de coelo 275b 6—11.
[3]) Topic. 104 b 12—16: ἔστι δὲ προβλήματα καὶ ὧν ἐναντίοι εἰσὶ συλλογισμοί (ἀπορίαν γὰρ ἔχει πρότερον οὕτως ἔχει ἢ οὐχ οὕτως διὰ τὸ περὶ ἀμφοτέρων εἶναι λόγους πιθανούς) καὶ περὶ ὧν λόγον μὴ ἔχομεν ὄντων μεγάλων, χαλεπὸν οἰόμενοι εἶναι τὸ διὰ τί ἀποδοῦναι, οἷον πότερον ὁ κόσμος αἴδιος ἢ οὔ.

welcher die Entscheidung schwierig ist, da beiderseits glaubwürdige Gründe vorgebracht werden, und es sehr schwer falle, das Warum anzugeben.

Eine weitere Schwierigkeit bei dieser Frage lag darin, daß A., dem sonst Übereinstimmung aller seiner Vorgänger als Beweis [1]) für die Wahrheit einer Ansicht gilt, hier einer gemeinsamen Behauptung von allen entgegentreten mußte. Während nämlich A. zeitliche Un= endlichkeit der Welt nach vorwärts und rückwärts vertritt, stimmen [2]) alle andern darin überein, die Welt sei geworden. Ein Unterschied aber ist insofern zu machen, als die einen [3]) die Welt zwar entstehen, aber dann ewige Zeit fortdauern lassen, andere [4]) wiederum, nämlich die Atomiker, sich dahin aussprechen, die Welt sei geworden, also naturgemäß vergänglich. Eine dritte [5]) Klasse, und dazu gehören Empedokles und Heraklit, huldigt der Anschauung, die Welt sei bald in dem Zustande wie jetzt, bald indem sie vergehe, in einem andern, und dieser Wechsel der Weltzustände gehe immer so fort.

Indem wir die beiden letzten Ansichten vorerst unberücksichtigt lassen, befassen wir uns eingehend mit jener Weltauffassung, welche einen Anfang, aber kein Ende der Welt lehrt. Gegen diese Ansicht nun tritt A. energisch auf, führt sie ad absurdum und gewinnt so indirekt zugleich die Begründung seiner eigenen Lehre von der Anfangs= und Endlosigkeit der Welt.

Die [6]) tägliche Erfahrung, so argumentiert A., lehrt uns, daß alles, was geworden ist, auch vergeht. Und bei der Welt sollte das Gegenteil der Fall sein, sie sollte, entstanden, nicht vergehen, sollte ewig dauern? Nimmermehr.

Doch [7]) davon abgesehen, was unmöglich die ganze frühere Ewigkeit hindurch sich anders verhalten kann und nicht den Anfang zu diesem oder jenem Zustande in sich selbst hat, das kann sich auch nicht ver= ändern. Denn könnte es sich verändern, so müßten wir eine frühere Ursache annehmen, welche Unmögliches bewirkt, nämlich daß sich ver= ändere, was sich unmöglich verändern kann. Übertragen wir das auf die Welt, so müssen wir sagen, daß, wenn sie aus Solchem zusammen= gesetzt wäre, was sich immer so verhielt und unmöglich anders sich verhalten konnte, dann die Welt nicht eine gewordene sein könnte. Ist sie aber geworden, so muß das, woraus sie zusammengesetzt ist, auch einmal sich anders und nicht immer so verhalten haben, so daß

---

[1]) Wie Euken a. a. O. S. 11 anmerkt.
[2]) de coelo 279b 12: $\gamma\varepsilon\nu\acute{o}\mu\varepsilon\nu\rho\nu$ $\mu\grave{\varepsilon}\nu$ $o\mathring{v}\nu$ $\mathring{\alpha}\pi\alpha\nu\tau\varepsilon\varsigma$ $\varepsilon\tilde{l}\nu\alpha\acute{l}$ $\varphi\alpha\sigma\iota\nu$.
[3]) ibid. 279b 13: $\mathring{\alpha}\lambda\lambda\grave{\alpha}$ $\gamma\varepsilon\nu\acute{o}\mu\varepsilon\nu\rho\nu$ $o\acute{l}$ $\mu\grave{\varepsilon}\nu$ $\mathring{\alpha}\ddot{\iota}\delta\iota\rho\nu$.
[4]) ibid. 279 b 13—14: $o\acute{l}$ $\delta\grave{\varepsilon}$ $\varphi\vartheta\alpha\rho\tau\grave{o}\nu$ $\mathring{\omega}\varsigma\pi\varepsilon\rho$ $\acute{o}\tau\iota\rho\tilde{v}\nu$ $\mathring{\alpha}\lambda\lambda\rho$ $\tau\tilde{\omega}\nu$ $\varphi\acute{v}\sigma\varepsilon\iota$ $\sigma\upsilon\nu\iota\sigma\tau\alpha\mu\acute{\varepsilon}\nu\omega\nu$.
[5]) ibid. 279 b 14—16: $o\acute{l}$ δ' $\mathring{\varepsilon}\nu\alpha\lambda\lambda\grave{\alpha}\xi$ $\acute{o}\tau\grave{\varepsilon}$ $\mu\grave{\varepsilon}\nu$ $o\mathring{v}\tau\omega\varsigma$ $\acute{o}\tau\grave{\varepsilon}$ $\delta\grave{\varepsilon}$ $\mathring{\alpha}\lambda\lambda\omega\varsigma$ $\mathring{\varepsilon}\chi\varepsilon\iota\nu$ $\varphi\vartheta\varepsilon\iota\rho\acute{o}\mu\varepsilon\nu\rho\nu$, $\varkappa\alpha\grave{\iota}$ $\tau\rho\tilde{v}\tau\rho$ $\mathring{\alpha}\varepsilon\grave{\iota}$ $\delta\iota\alpha\tau\varepsilon\lambda\varepsilon\tilde{\iota}\nu$ $o\mathring{v}\tau\omega\varsigma$, $\mathring{\omega}\varsigma\pi\varepsilon\rho$ $\mathring{E}\mu\pi\varepsilon\delta\rho\varkappa\lambda\tilde{\eta}\varsigma$ $\acute{o}$ $\mathring{A}\varkappa\rho\alpha\gamma\alpha\nu\tau\tilde{\iota}\nu\rho\varsigma$ $\varkappa\alpha\grave{\iota}$ $\mathring{H}\rho\acute{\alpha}\varkappa\lambda\varepsilon\iota\tau\rho\varsigma$ $\acute{o}$ $\mathring{E}\varphi\acute{\varepsilon}\sigma\iota\rho\varsigma$; dazu vgl. Zeller I, 629 Anm. 1.
[6]) de coelo 279 b 18—21.
[7]) de coelo 279 b 21—31.

das, woraus sie zusammengesetzt ist, auch einmal aufgelöst wird und das Aufgelöste früher einmal zusammen trat, ein Vorgang, welcher sich unendlich vielmal entweder wirklich wiederholte oder doch die Möglichkeit dazu hatte. Aus dieser allgemeinen, etwas schwierigen Erörterung folgt also zweierlei: Erstens, wenn die Welt aus Solchem besteht, was sich immer so verhielt, so ist sie nicht geworden, sondern besteht als eine ungewordene; zweitens, ist die Welt aus Solchem zusammengesetzt, was sich verändern kann, so wird sie nicht ewig dauern; in jedem Falle ist es also falsch zu sagen, die Welt sei geworden und daure nun ewig. Denn ist sie ewig, so kann sie nicht geworden sein, und ist sie geworden, so wird sie nicht ewig sein. Sie ist dann aber auch nicht unvergänglich. Unter diejenigen nämlich, welche etwas Gewordenes als unvergänglich bezeichnen zu dürfen glauben, gehört Plato, welcher im Timaeus sagt: Das Welt= gebäude sei geworden[1]) und dennoch werde es ewige Zeit hindurch dauern. Die Vertheidiger Platos, als welche vom Scholiasten Xenokrates und Speusippus genannt werden, wollen denselben dadurch in Schutz nehmen, daß sie seine Rede als bloß gleichnisweise gesprochen deuten. Man müsse sich das denken, wie bei einer geo= metrischen Konstruktion, bei welcher die Mathematiker die Figuren nach und nach entstehen lassen; und so sei auch bei dieser Entstehungs= geschichte der Welt alles nur der Anschaulichkeit halber von Plato so gesagt, derselbe habe dabei nicht an wirkliches, in einer bestimmten Zeit erfolgtes Entstehen gedacht. Es zeigt dieses offenbar gesuchte und gekünstelte Herumdeuteln an den Platonischen Worten, wie die Lehre des A. von der Ewigkeit der Welt schon frühe solchen Einfluß[2]) gewonnen hatte, daß man sie sogar bei Plato finden wollte. A. hält dem, wie wir glauben, richtig entgegen, der Vergleich passe durch= aus nicht, denn während es bei geometrischen Beweisen gleichgiltig sei, ob man die Figuren nach und nach entstehen lasse oder sie als fertig denke, verhalte es sich bei der Entstehung der Welt ganz anders.

---

[1]) Zeller: Platonische Studien S. 210 u. 11, geht offenbar zu weit, wenn er den im Mythus deutlich ausgesprochenen Gedanken einer zeitlichen Entstehung dem Plato als dessen eigene Meinung einfach abspricht. In der erwähnten Abhandlung: Über die Lehre ꝛc. S. 101 drückt er sich weniger entschieden dahin aus, daß wir, weil die Schilderung der Weltbildung eine so mythische Gestalt habe, nicht berechtigt wären, dem Plato die Ansicht von der zeitlichen Entstehung der Welt als seine wissenschaftliche Überzeugung beizulegen, aber auch keinen Grund hätten, sie ihm zuzuschreiben. Also legen wir sie ihm bei und dies um so mehr, wenn es wahr ist, was Zeller, Geschichte d. gr. Ph. 11, 1, S. 485 bemerkt: „Die Mythen treten da ein, wo etwas dargestellt werden soll, was der Philosoph zwar als wirklich anerkennt, dessen wissenschaftliche Feststellung aber über seine Mittel hinausgeht". Sehr besonnen über den wissenschaftlichen Wert der platoni= schen Mythen urteilt mein verehrter Lehrer Hr. Universitätsprofessor Dr. Stumpf, dessen Vorträgen und Gesprächen ich vielfache Anregung verdanke, in der Ab= handlung: Verhältnis des platonischen Gottes zur Idee des Guten (Halle 1869) p. 100 Anm.

[2]) Treffend bemerkt das Zeller: Über die Lehre von der Ewigkeit der Welt, S. 108.

Denn hier bilden das Früher und Später Gegensätze, was jene ja selbst zugäben, wenn ihnen aus dem Ungeordneten das Geordnete sich entwickelte. Zugleich aber können beide Zustände unmöglich sein. Bei der Entstehung der Welt müsse man doch notwendig an Zeit denken, nicht so bei den geometrischen Figuren, bei welchen nach einem treffenden Ausdruck von Brandis [1] das Nacheinander der Teile nur der Betrachtung, nicht der Sache angehört.

Bei diesen Ausführungen gegen die Annahme einer anfangenden, aber nie aufhörenden Welt läßt es A. nicht bewenden, sondern, nachdem er in gewohnter, präziser Weise die verschiedene Bedeutung der Worte: entstehungslos, geworden, vergänglich und unvergänglich, sowie in welchem Sinne möglich und unmöglich zu verstehen sei, für die weitere Beweisführung der Klarheit halber festgestellt hat, folgt eine weitläufige, rein formallogische Darlegung, in welcher er den oben beregten Gedanken, daß, was ewig, nicht geworden und, was geworden, nicht ewig sein könne, zu begründen versucht.

Was [2] die Möglichkeit zu sein und nicht zu sein hat, muß dieselbe eine bestimmte, größte Zeit haben. Ist das nicht, sondern kann man immer noch größere nehmen, so würde das Nämliche die Möglichkeit haben, unendliche Zeit zu sein und eine andere unendliche Zeit nicht zu sein. Das aber ist schlechthin unmöglich.

Von [3] einem nur voraussetzungsweise Möglichen und Unmöglichen, Falschen und Wahren nämlich absehend, betrachten wir bloß, was schlechthin möglich, unmöglich, falsch ist. Dabei darf man aber nicht übersehen, daß, was falsch ist, deshalb nicht auch unmöglich sein muß, hingegen aber, was unmöglich, auch notwendig falsch ist. Z. B. behaupten, jemand sitze und stehe zugleich, ist nicht bloß falsch, sondern auch unmöglich. Und nur dann, wenn das Falsche auch unmöglich ist, wird auch Unmögliches daraus folgen. So hat jemand allerdings zugleich die Möglichkeit zu stehen und zu sitzen, aber zugleich zu sitzen und zu stehen, diese Möglichkeit hat jemand nicht, sondern jedes in einer andern Zeit.

Dieses also vorausgeschickt, alles, was die Möglichkeit zu sein und nicht zu sein hat, müsse diese eine bestimmte, größte Zeit haben und zweitens, daß wenn etwas die Potenz zu Entgegengesetztem habe, dieses Entgegengesetzte nicht zugleich sein könne, tritt A. in die eigentliche Untersuchung ein.

Wenn [4] etwas unendliche Zeit die Möglichkeit zu Mehrerem hat, so hat es diese nicht in einer andern Zeit (denn außer der unendlichen Zeit gibt es nicht noch eine andere unendliche), sondern zugleich. Ist also etwas unendliche Zeit vergänglich, so muß es, da vergänglich ist, was früher seiend später einmal nicht ist oder nicht zu sein die Möglichkeit hat, unendliche Zeit hindurch die Möglichkeit haben, nicht

---

[1] Handbuch der griech.-röm. Phil. III. A. S. 8.
[2] de coelo 281a 28 ff., b 1—2.
[3] de coelo 281b 2—18.
[4] de coelo 281b 18—25.

zu sein. Nehmen wir das Mögliche gleich als faktisch, nämlich daß es unendliche Zeit n i c h t [1]) ist, so haben wir, daß etwas aktuell unendliche Zeit zugleich ist und n i c h t ist. Nun folgt zwar, weil die Annahme, daß etwas, was unendliche Zeit ist, einmal nicht sei, etwas Falsches. Aber dieses Falsche ist zugleich auch unmöglich, weil ihm zufolge etwas zu gleicher Zeit sein und nicht sein müßte. Daher ist es unmöglich, daß, was immer, was unendliche Zeit ist, einmal nicht sei, daß es vergehe; was ewig ist, ist nicht vergänglich.

Es [2]) kann aber auch, was ewig, nicht geworden sein. Denn wäre es geworden, so hätte es die Möglichkeit, auch nicht zu sein. Denn geworden ist, was früher auch nicht sein konnte. Was aber immer ist, hat weder endliche noch unendliche Zeit die Möglichkeit, nicht zu sein (denn in der unendlichen wäre selbstverständlich die endliche mitbegriffen). Denn könnte es unendliche Zeit nicht sein, so hätten wir die Möglichkeit, daß etwas unendliche Zeit (immer) nicht ist und daß es unendliche Zeit ist, daß also ein und dasselbe zugleich immer ist und immer nicht ist, was augenscheinlich unzulässig. Das Ewige kann also nicht geworden sein.

Zu demselben [3]) Resultat, daß, was immer ist, nicht vergänglich und auch nicht geworden sein könne, führt uns folgender mit Hilfe der Negation von Immer gemachte Schluß: Wenn, was geworden ist, die Möglichkeit hat, nicht immer zu sein, das hingegen, was ewig, d. h. immer ist, nicht die Möglichkeit hat, nicht immer zu sein, so folgt daraus, daß, was ewig ist, nicht geworden sein kann. Und ebenso schließen wir, daß, was immer ist, nicht vergänglich; denn wenn von zwei Termini der spätere (Ewiges ist vergänglich, geworden) nicht sein kann ohne den früheren (d. h. ohne daß, was immer ist, auch nicht immer ist), der frühere aber unmöglich ist, so kann auch der spätere nicht sein, nämlich daß, was ewig, auch vergänglich oder geworden sei.

Daß das Ewige nicht geworden und vergänglich und umgekehrt, was geworden und vergänglich, nicht ewig sein könne, erhellt ferner aus einer der vorhergehenden ähnlichen Beweisführung, welche darin gipfelt, daß, wenn es richtig wäre zu sagen: Die Welt ist geworden, aber ewig, das nichts anderes hieße, als behaupten: zwei kontradiktorische Urteile sind zugleich wahr, A = nicht A.

Wenn [4]) die Negation von „immersein“ „nicht immersein“ ist,

---

[1]) Mag auch das $\mu\grave{\eta}$ $\varepsilon\tilde{\imath}\nu\alpha\iota$ in den besten Handschriften fehlen, wie Prantl in seiner Ausgabe bemerkt, und mag es auch Simplicius z. d. St. für unnötig halten, es muß doch hinzugedacht werden.

[2]) de coelo 281b 25—33.

[3]) de coelo 281b 33 ff., 282a 1—4.

[4]) de coelo 282a 5—14:

<pre>
           contradictorie   contradictorie
       ⌒⌒⌒⌒⌒⌒⌒⌒⌒⌒⌒   ⌒⌒⌒⌒⌒⌒⌒⌒⌒⌒⌒
               = einmal nicht sein   = einmal sein
immer sein — nicht immer sein — immer nicht sein — nicht immer nicht sein
                   ⌣⌣⌣⌣⌣⌣⌣⌣⌣⌣⌣   ⌣⌣⌣⌣⌣⌣⌣⌣⌣⌣⌣
                   contrarie   contrarie
</pre>

das konträre Gegenteil von „immerſein" „immer nichtſein" und die Negation davon „nicht immer nichtſein", ſo müßten die Negationen („nicht immer ſein = einmal nicht ſein" und „nicht immer nicht ſein = einmal ſein") von beiden, (dem „immer ſein" und „immer nicht ſein") Einem und demſelben zukommen (die Welt einmal nicht ſeiend ſpäter einmal ſeiend [= geworden] iſt immer). Das Mittlere nun zwiſchen dem „immer Seienden" und dem „immer nicht Seienden" wird das ſein, was iſt und nicht iſt. Denn die Negation (nicht immer ſein und nicht immer nicht ſein) von jedem (von immer ſein und immer nicht ſein) wird einmal zukommen, wenn wir das „nicht immer" haben. Darum wird ſowohl das „nicht immer nicht Seiende" einmal ſein und nicht ſein, als auch das „nicht immer aber einmal Seiende" auch nicht ſein. Daſſelbe wird alſo ſein und nicht ſein und das iſt das Mittlere zwiſchen „immer ſein" und „immer nicht ſein".

Aus dem Bisherigen erhellt, daß nichts Ewiges vergänglich oder geworden iſt und umgekehrt nichts Vergängliches und Gewordenes ewig. Es bleibt nur noch die Frage:

Muß [1]), was ungeworden und unvergänglich, auch ewig ſein oder verknüpft ſich, vorausgeſetzt, daß die Begriffe unvergänglich und un= geworden und umgekehrt ſich bedingen, das Ewig mit dieſen Begriffen in der Weiſe, daß, was ungeworden und ebenſo was unvergänglich, auch ewig iſt?

Leichtverſtändlich wird von A. dargelegt, daß vergänglich und geworden und geworden und vergänglich ſich gegenſeitig folgen und daher daſſelbe bei unvergänglich und ungeworden zutreffen müſſe, wobei ſich dann das Ewig bei dieſen Begriffen von ſelbſt ergebe.

Nach dieſen ermüdenden, denſelben Gedanken von immer neuen Geſichtspunkten aus betrachtenden Ausführungen tritt A. [2]) denen, welche ſagen, etwas Gewordenes könne unvergänglich ſein und etwas Ungewordenes könne vergehen, mit dem Vorwurf entgegen, daß ſie mit einem ſolchen Ausſpruche ſowohl die Vorausſetzung illuſoriſch machen, daß etwas eine beſtimmte Zeit die Möglichkeit zu ſein und nicht zu ſein haben müſſe, als auch das Unmögliche, es ſei etwas zugleich und ſei zugleich nicht, für möglich halten.

Was [3]) die Möglichkeit zum Thun oder Leiden, Sein oder Nicht= ſein beſitzt, hat dieſe entweder unendliche oder eine quantitativ be= ſtimmte Zeit und zwar unendliche [4]) deshalb, weil auch dieſe gewiſſer=

---

[1]) de coelo 282a 30 ff., b 1.
[2]) de coelo 283a 4—6.
[3]) de coelo 273a 7—10.
[4]) Unendliche Zeit? wird man verwundert fragen. Hat nicht A. kurz vorher dieſe Möglichkeit abgelehnt? Ferner, was iſt das für eine Definition vom Unendlichen? Kommen wir damit nicht zur Auffaſſung, das Unendliche ſei ein Maximum? Die Löſung hängt am Wörtchen gewiſſermaßen, worauf wir ſchon früher verwieſen; nicht eigentlich kann man ſagen, die unendliche Zeit ſei beſtimmt; man darf daher nicht glauben, A. widerſpreche der früheren

maßen bestimmt ist, insofern nämlich, als es keine größere außer ihr gibt. Die aber, welche sagen: Etwas Gewordenes ist ewig, oder etwas Ungewordenes wird vergehen, nehmen ein Unendliches an, das im ersten Fall einen Anfang, im letzten ein Ende hat; ein solches Unendliche aber ist weder unendlich, noch auch bestimmt, da es nach einer Seite entweder dem Ende oder dem Anfange nach unendlich ist, (also nicht bestimmt). Sie verstoßen also jedenfalls gegen die erste Voraussetzung, daß etwas nur eine bestimmte Zeit die Möglichkeit zu sein und nicht zu sein haben muß.

Weit größer und wichtiger ist der Widerspruch, daß etwas zugleich sei und nicht sei, welchem sie mit ihrer Behauptung unweigerlich verfallen müssen.

Ist [1]) etwas Ungewordenes vergänglich und etwas Gewordenes ewig, so fragen wir, warum es denn, wenn es früher immer war, gerade in diesem Zeitpunkte vergehen sollte oder, wenn es vorher unendliche Zeit nicht war, gerade in diesem Zeitpunkte mehr als in einem andern entstand [2]). Man wird weder für den einen, noch den andern einen Grund angeben können. Wenn aber der Zeitpunkte unendlich viele sind, so wird etwas unendliche Zeit durch ein Entstehendes oder Vergängliches sein. Es wird also unendliche Zeit die Möglichkeit haben, nicht zu sein, und folglich die Möglichkeit zum Nichtsein und Sein zugleich, vorher, wenn vergänglich, d. h. das Ungewordene wird die Möglichkeit zum Sein und Nichtsein zugleich haben, nachher, wenn geworden, d. h. das Gewordene wird die Möglichkeit zum Nichtsein und zum Sein haben. Setzen wir die Möglichkeit als faktisch, so wird das Ungewordene (d. h. was besteht, ohne entstanden zu sein) die Möglichkeit haben, zugleich nicht zu sein und zu sein und das Gewordene die Möglichkeit zugleich zu sein und nicht zu sein. Und das ist doch unmöglich.

Aber [3]) nicht bloß ist es unmöglich, daß Entgegengesetztes in Wirklichkeit sei, es kann ja auch nicht unendliche Zeit, sondern, wie gezeigt, nur bestimmte, die Potenz zu Entgegengesetztem vorhanden sein, zum Sein und Nichtsein. — Die Betrachtung des Verhältnisses zwischen Potenz und Aktus zeigt von einem neuen Standpunkt aus die Unhaltbarkeit der Annahme, daß geworden und ewig sich je vertragen.

Bestimmung des Unendlichen. Ja er schließt sogar diese Anschauung des Unendlichen als eines Größten, eines Maximums ausdrücklich aus, wenn er de coelo 272a 1—2 sagt: Wie wir von einer unendlichen Zahl sprechen, weil es keine größte gibt!

[1]) de coelo 283a 10—20.

[2]) Eben diesen Gedanken hält A. auch dem Anaxagoras entgegen, welcher die Welt, nachdem sie unendliche Zeit ruhte, in Bewegung übergehen ließ. Phys. 252a 14—16. Man vgl. auch Kants Beweis der Antithesis in der 1. Antinomie.

[3]) de coelo 283a 17—19.

Wenn [1]) die Potenz früher als der Aktus ist, so wird die Potenz die ganze Zeit vorhanden sein, sowohl bei dem, was ungeworden seiend ist (die Potenz zum Nichtsein), als auch bei dem, was un= endliche Zeit nicht ist, indem es diese Zeit hindurch aber die Mög= lichkeit zu werden hatte (die Potenz zum Sein). A. faßt nur das Letztere ins Auge. Ein Entstehung Habendes also war nicht und hatte die Möglichkeit zu sein, sowohl damals, als später zu sein, also unendliche Zeit. Demnach hatte es unendliche Zeit die Möglichkeit zu sein und nicht zu sein, also, weil unendliche Zeit, zugleich, wie früher gezeigt. Dies aber ist unmöglich. Und deshalb hat A. das Verhältnis von Potenz und Aktus herangezogen, um auch daran zu zeigen, daß Entgegengesetztes nicht zugleich sein kann. In dieser Auf= fassung treffen wir mit Prantl [2]) zusammen, welcher als „den Sinn dieser auch in den Handschriften sehr variierenden Stelle Folgendes" bezeichnet:

Wofern die Potenz einem Aktus vorausgehen muß, ist es unmög= lich, daß eine unbegrenzte Zeit hindurch etwas zugleich ein stets sein Könnendes und doch aktuell nie Seiendes sei, d. h. wenn einmal die Potenz des Entstehens vorliegt, so muß diese nach einer gewissen Zeit zum aktuellen Entstehen führen" [3]).

Ebenso wie im Bisherigen wird durch die Folgerung, daß etwas zugleich sein und nicht sein müßte, die Ansicht zurückgewiesen, als ob etwas Vergängliches einmal nicht vergehen werde. Denn eine solche Behauptung besagt im Grunde nichts anderes, als was vergänglich ist, vergeht unendliche Zeit nicht, ist immer; oder vergänglich und unvergänglich sind zugleich aktuell, es wird etwas zugleich immer sein und nicht immer sein, d. h. es ist auch das kontradiktorische Gegen= teil zugleich wahr (A = nicht A). Unmöglich! Also muß, was vergänglich, einmal vergehen, und ebenso, was ein Entstehen hat,

---

[1]) de coelo 283a 20—24.
[2]) a. a. O. S. 287.
[3]) 283a 20—22: ἔτι εἰ πρότερον ἡ δύναμις ὑπάρχει τῆς ἐνεργείας, ἅπανθ' ὑπάρξει τὸν χρόνον, καὶ ὂν ἀγένητον ἦν, καὶ μὴ ὂν τὸν ἄπειρον χρόνον, γίγνεσθαι δὲ δυνάμενον. Wir lassen mit Prantl der besten Hand= schrift E folgend δὲ nach γίγνεσθαι weg u. Z. 23 μὴ in τοῦτότε εἶναι: Z. 21 aber, wo Prantl mit HLM ὄν liest statt ὂν, können wir nicht bei= stimmen. Denn wir glauben, daß mit καὶ ὂν ἀγένητον das Ungewordene, später Vergängliche und mit καὶ μὴ ὂν τὸν ἄπειρον χρόνον (wornach wir nicht wie Prantl Komma setzen, da ἄπειρον χρόνον ἀπὸ κοινοῦ steht zu μὴ ὂν u. γίγνεσθαι δυνάμενον gehörig) das früher nicht Seiende, später Seiende bezeichnet wird, während bei der Prantl'schen Lesart blos das Letztere angedeutet wäre. Zwar ist das Erstere nicht behandelt, könnte man gegen uns sagen — aber einfach darum, weil die Behandlung ganz analog wäre. Man beachte auch den Parallelismus καὶ ὂν — καὶ μὴ ὂν. Freilich entgeht uns die Schwierigkeit nicht, welche dabei in der Verbindung mit dem Vorausgehenden liegt; bei Prantl ist diese allerdings gefälliger, obwohl das offenbar steigernde καὶ unpassend ist. Wir versuchen: κἂν ὂν ἀγένητον ἢ καὶ μὴ ὂν κτλ.

auch geworden sein und die Möglichkeit haben, geworden zu sein und daher nicht immer zu sein.

Bis zum Überdruß, könnte man sagen, hat A. der Behauptung, etwas Gewordenes sei ewig und etwas Ungewordenes vergänglich, immer eine neue Seite abzugewinnen gesucht, um sie jedoch jedesmal mit der ungereimten Folgerung, daß etwas zugleich sein und nicht sein müsse, zu entkräften und zu schlagen.

In einer Schlußbetrachtung nun beleuchtet er wieder von anderm Standpunkt aus die Hohlheit obiger Phrase.

Wenn [1]), was zufällig ist, dem Immerwährenden und dem Meisten=teils entgegensteht, und nichts Zufälliges unvergänglich und ungeworden ist, was hingegen unendliche Zeit — ob schlechthin unendlich oder bloß nach Einer Seite hin, ist gleichgiltig — ist, immer und regel=mäßig ist, so sieht man unschwer ein, daß zufällig und unendlich oder ungeworden und unvergänglich sich nicht widerspruchslos vereinigen lassen. Denn das Zufällige hat ja seiner Natur entsprechend die Möglichkeit, bald zu sein, bald nicht zu sein, während bei dem, was unendliche Zeit ist, bei dem Immersein, das Nichtimmersein aus=geschlossen bleibt. Worauf aber zielt denn das Beginnen derer, welche etwas Gewordenes ewig und Ungewordenes vergänglich heißen? Doch wohl darauf, Zufälliges und Immerwährendes mit einander in Ver=bindung zu bringen. Denn unter das Zufällige muß doch ein Ent=stehen oder Vergehen gerechnet werden, für das in keinem Zeitpunkte mehr als in einem andern ein Grund zu finden ist. Und so behaupten sie denn genau besehen den Unsinn: Das Zufällige, was nicht immer ist, ist immer. Dieses Zufällige, was ihnen zufolge, weil ewig, nun als immerwährend besteht, wird aber seinem Begriffe getreu die Mög=lichkeit zum Sein und Nichtsein bewahren. Nun kann es, durch jene Leute zum Immerwährenden gestempelt, die Möglichkeit zum Nichtsein nicht dann haben, wann es gerade aktuell ist, sondern, da nun vom Zufälligen einmal die zweifache Möglichkeit ausgesagt werden muß, so bleibt ihnen nur die Ausflucht, es könnte ja diese Möglichkeit sich auf die Vergangenheit beziehen. Doch das schlösse, zudem daß mit völliger Verkehrung der Zeitverhältnisse gesagt werden müßte, das Jetzt ist vor einem Jahre und das vor einem Jahre ist jetzt oder das Vorjährig ist nicht, das schlösse also den Widersinn in sich, daß Potenz von „gewesen sein“ und nicht vielmehr von Gegenwart und Zukunft Geltung habe. Dieser Ausweg also, Zufälliges und Immer=währendes in dem Urteile: Gewordenes ist ewig zu verbinden, ist ver=schlossen. Und somit ist es überhaupt nicht möglich, dem Zufälligen ein immerwährendes Sein zuzuschreiben, ebenso wie dem Immer=währenden ein plötzliches, zufälliges Vergehen [2]).

Alle vorstehenden Ausführungen tragen den Charakter einer

---

[1]) de coelo 283a 31 ff., b 1—17.
[2]) Haben wir diese sehr schwierige Beweisführung richtig gegeben, so ver=danken wir das der Anmerkung Prantls a. a. O. S. 287.

logischen, rein abstrakten Deduktion an sich. Da aber, wie uns A.[1]) versichert, das Problem von der Ewigkeit der Welt ein physikalisches ist, so wird, wenn man nunmehr eine wenigstens ebenso ausführliche naturwissenschaftliche Erörterung erwartet, diese Hoffnung an einer ganz kurzen Bemerkung zu Schanden.

Alles[2]) Vergängliche und Gewordene, sagt A., ist veränderlich. Die Veränderung aber geht in Gegensätzen vor sich. Und von denselben Gegensätzen, infolge deren die Naturdinge entstehen, werden sie wieder vernichtet, also kann, was geworden ist, nicht ewig sein, sondern es wird einmal nicht mehr sein.

Wollen wir hier noch, ehe wir einen Einwand gegen die Ewigkeit der Welt berücksichtigen, kurz die Ansichten der Atomiker, sowie die Heraklits und des Empedokles ins Auge fassen.

Die[3]) Atomiker gehen von dem an sich richtigen Gedanken aus, daß die Welt so gut wie etwas anderes Gewordenes vergehe, irren aber darin, daß sie meinen, etwas Gewordenes vergehe gänzlich, und es finde kein Zurückbeugen statt. Eine solche Anschauung ist rein unmöglich, wenn es bloß Eine Welt gibt. Doch da die Atomiker unendlich viele Welten neben einander annehmen, so will A. ihnen deshalb gerade nichts anhaben, wenn sie eine der Welten gänzlich vergehen lassen.

Die[4]) Herakliteer jedoch und Empedokles stehen eigentlich dem A. nicht gegenüber, denn sie halten an der Ewigkeit der Welt fest, nur in der Form nehmen sie einen Wechsel an.

So folgt also für A., da die Atomiker mit ihren unendlich vielen Welten nicht in Betracht kommen können, Empedokles und Heraklit genau genommen die Ewigkeit der Welt vertreten, ferner Plato sich in einen Widerspruch verwickelt, wenn er die Welt werden, aber dann ewig dauern läßt, indirekt, daß die Welt nur ewig sein kann, ohne Anfang und ohne Ende.

Von[5]) den direkten Gründen für die Ewigkeit der Welt wollen wir nur den anführen, daß es, was den Anfang betrifft, sich mit Gottes Güte nicht vertrüge, unendliche Zeit die Welt, dieses herrliche Werk nicht zu schaffen, so wenig, als es nachher zu zerstören.

Doch wie kann man von Ewigkeit der Welt sprechen und damit die Worte in Einklang bringen: Nicht einmal bloß und zweimal, sondern unendlich vielmal[6]) sind dieselben Ansichten zu uns gekommen? Müssen wir daraus nicht schließen, daß diese Ansichten verloren ge-

---

[1]) Topic 105b 24—25.
[2]) de coelo 283b 17—22.
[3]) de coelo 280a 23—27.
[4]) de coelo 280a 11—22.
[5]) cf. Zeller, die Lehre v. d. Ewigkeit d. Welt, p. 102.
[6]) de coelo 270 b 19 — 20: οὐ γὰρ ἅπαξ οὐδὲ δίς, ἀλλ᾽ ἀπειράκις δεῖ νομίζειν τὰς αὐτὰς ἀφικνεῖσθαι δόξας εἰς ἡμᾶς. u. Meteor 330b 27: οὐ γὰρ δὴ φήσομεν ἅπαξ οὐδὲ δὶς οὐδ᾽ ὀλιγάκις τὰς αὐτὰς δόξας ἀνακυκλεῖν γινομένας ἐν τοῖς ἀνθρώποις, ἀλλ᾽ ἀπειράκις.

gangen und zwar etwa durch einen Weltuntergang, dem dann wieder eine Entstehung folgte, und daß das sich unzähligemal wiederholte?

Indessen verträgt sich die Meinung, alle Erfindungen seien schon unzähligemal [1]) gemacht worden, womit A. den verhältnismäßig jungen Ursprung [2]) der menschlichen Bildung im Anschluß an Plato zu erklären versucht, sehr wohl mit der Ewigkeit der Welt.

Denn [3]) ein solcher Untergang der Kultur, welcher namentlich durch große Fluten herbeigeführt wird, betrifft bloß einzelne Teile der Erde und nicht immer dieselben. Der Grund aber solcher Veränderungen liegt nicht in der Veränderung des Alls, gleich als ob das All würde [4]); denn lächerlich [5]) wäre es, ob solch kleiner und unbedeutender Veränderungen das ganze All in Bewegung zu setzen; steht doch auch die Masse und Größe der Erde in gar keinem Verhältnis zum ganzen Himmelsgebäude, sondern die Ursache ist vielmehr darin zu suchen, daß es vom Schicksal bestimmte Zeiten sind, in welchen periodisch solche Veränderungen eintreten.

Lassen wir hier nach der Behandlung eines der höchsten Probleme, nämlich des kosmologischen, das heute so wenig wie vor 2000 Jahren endgiltig gelöst ist, eine kleine Pause eintreten, um auf das Bisherige einen Rückblick zu werfen.

Bei Beantwortung der sich uns aufdrängenden Fragen, ob A., wenn er die Endlichkeit der Welt nach Raum und also auch nach Masse, sowie ihre zeitliche Unendlichkeit lehrt, hiebei innerhalb seines Systems sich von Inkonsequenz freigehalten habe, werden wir dem Stagiriten Folgerichtigkeit bis ins Einzelne nicht absprechen können. Denn ganz gut ist es in seiner Lehre begründet, daß die Welt räum= lich begrenzt sei. Und zwar sind es drei Gründe, welche dazu führen mußten. Vor allem ist es seine objektivistische Erkenntnistheorie, welche am schroffsten in dem Satze sich ausspricht: Es ist ungereimt, sich aufs Denken zu verlassen (Phys. 208 a 14—15). Worin aber beruht diese Objektivität, welche dem Erkennen zugeschrieben wird? Offenbar in dem naiven Festhalten an der unmittelbaren und zweifel= losen Richtigkeit der sinnlichen Wahrnehmung, welche ja alles Erkennen vermittelt. Und dieses große Gewicht, welches auf die sinnliche Wahr= nehmung gelegt wird, ist das zweite bedeutende Moment, das die räumliche Begrenzung der Welt dem A. als notwendig erscheinen lassen

---

[1]) Polit. 1329b 25: σχεδὸν μὲν οὖν καὶ τὰ ἄλλα δεῖ νομίζειν εὑρῆσθαι πολλάκις ἐν τῷ πολλῷ χρόνῳ, μᾶλλον ἀπειράκις.

[2]) cf. Zeller über die Lehre u. s. w. p. 106.

[3]) Meteor I, 14.

[4]) Meteor 352 a 17—19: οἱ μὲν βλέποντες ἐπὶ μικρὸν αἰτίαν οἴονται τῶν τοιούτων εἶναι παθημάτων τὴν τοῦ ὅλου μεταβολὴν ὡς γινομένου τοῦ οὐρανοῦ.

[5]) ibid. 352a 26: γελοῖον γὰρ διὰ μικρὰς καὶ ἀκαριαίας μεταβολὰς κινεῖν τὸ πᾶν, ὁ δὲ τῆς γῆς ὄγκος καὶ τὸ μέγεθος οὐθέν ἐστι δήπου πρὸς τὸν ὅλον οὐρανόν· ἀλλὰ πάντων τούτων αἴτιον ὑποληπτέον ὅτι γίγνεται διὰ χρόνων εἱμαρμένων. Also kein unendlicher Fortschritt der Entwicklung und Bildung!

muß. Denn so wie die Welt dem Auge des Beobachters sich zeige, sei sie begrenzt. Nun aber kommt diese Wahrnehmung in Konflikt mit unserm Denken, dem es schwer wird, die Grenze, welche das Auge bestimmt hat, auch sich gefallen zu lassen. Was ist außerhalb? frägt der Verstand, kein Raum, kein anderer Körper, keine andere Welt? Diese ganz vernünftigen Bedenken schlägt A. alle nieder. Denn seiner Raumtheorie zufolge ist außerhalb der Welt nichts, auch kein leerer Raum, es gibt ja kein Leeres für A., also auch keinen Körper, denn Körper muß im Raume sein. Will man eine andere Welt neben der unsrigen annehmen, so beweist uns unser Philosoph, daß es nur Eine Welt gebe, und das sei die unsere. Aber auch ohne diese spezielle auf seine Lehre vom Raum gegründete Widerlegung käme A. durch die Forderungen des Denkens nicht in Verlegenheit, da ja dasselbe ganz kategorisch zur Ruhe verwiesen und abgefertigt wird, wie wir früher gehört haben. So also sucht A. diesen unleugbar vorhandenen Zwiespalt zwischen Denken und sinnlicher Wahrnehmung zu schlichten. Aber gleicht das nicht mehr einem Zerhauen als einer Lösung des Knotens? Und sieht es nicht gerade so aus, als habe A. die be=rechtigten, aber ihm unbequemen Ansprüche des Denkens einfach darum abgewiesen, um sich nicht inkonsequent zu werden? Hat er doch diesen Punkt, die Unendlichkeit des Denkens als am meisten entschei=dend [1]), als allen gemeinsame Schwierigkeit bereitend bezeichnet. Und nun doch diese, man möchte fast sagen, leichtfertige Abfertigung! Denn auf dem Denken beruht eben doch die ganze Lehre von der Unendlichkeit, und A. gibt das freilich, ohne es zu wollen, bei der Zahl zu, wenn er sagt: In [2]) der Richtung nach dem Mehr kann man immer noch denken. Und darum hat Prantl [3]) Recht: „Der Begriff der Kontinuität allerdings ist es, — so sind die Worte dieses Gelehrten — welcher diesen beiden Richtungen (der Richtung zum Größten nämlich bei der Zahl und der zum Kleinsten, bei der Größe) gleichmäßig zu Grunde liegt, und am Ende ist diese Kontinuität keine andere als die des menschlichen Denkens.“ Daß dieses das Prinzip der Lehre vom Unendlichen ist, das in vollem Umfange zu erkennen, blieb freilich erst Leibniz vorbehalten. Daneben mag es uns wundernehmen, daß A. das Unendliche richtig als etwas Werdendes und nicht als etwas Fertiges, Vollendetes auffaßte, also richtiger als Leibniz, von keinem unendlich Kleinsten sprach.

Seinen Prinzipien zufolge also mußte A. die Begrenztheit der Welt lehren. Diese Prinzipien aber können wir heut zu Tage nicht mehr als berechtigt anerkennen, und darum haben auch seine Gründe, womit er die Begrenztheit der Welt dem Raum und der Masse nach stützt, nichts Überzeugendes für uns.

---

[1]) Phys. 203b 22—23: *μάλιστα δὲ καὶ κυριώτατον, ὃ τὴν κοινὴν ποιεῖ ἀπορίαν πᾶσιν.*

[2]) Phys. 207b 10: *ἐπὶ δὲ τὸ πλεῖον ἀεὶ ἔστι νοῆσαι.*

[3]) Ausg. der Physik, Anm. zu 207b 13.

Nach unserer Darstellung möchte man wohl glauben, es seien nur metaphysische Prinzipien, mit welchen A. in einer doch rein physikali=schen [1]) Frage, wie es die nach der Begrenztheit oder Unbegrenztheit der Welt ist, operiere, und demnach sei Lange [2]) ganz im Recht zu sagen: „So demonstriert A. aus allgemeinen Prinzipien, daß es außer unserer geschlossenen Weltkugel nichts geben könne." Indessen haben wir seine Theorie vom Raum schon berührt und fügen dazu noch, daß A. die Gravitation nach der Mitte lehrt. Aber im Unendlichen könne es eine solche nicht geben und die Bewegung müßte sich ins Unendliche verlieren; es habe aber jede ihr natürliches Ziel. Es wäre doch eine sonderbare Einseitigkeit, wenn bei einem physikalischen Problem nicht der Standpunkt des Physikers zumeist herausgekehrt würde, eine Ein=seitigkeit, welche wir dem A. bei dem ebenfalls physikalischen Problem der Weltewigkeit allerdings zum Vorwurfe machen mußten [3]). Doch, wie steht es mit dieser physikalischen Begründung, warum die Welt begrenzt sein müsse? Auch hier sind wir genötigt, innerhalb des Systems eine streng folgerichtige Durchführung zu rühmen; aber wieder sind es die Fundamentalsätze, welche wir anfechten müssen, da A. bei deren Aufstellung statt nur von der Erfahrung, hauptsächlich von metaphysischen Prinzipien sich beeinflussen ließ. Die Lehre vom Raum ist eigentlich, wie uns Eucken [4]) belehrt, nicht bewiesen, sondern der Beweis ist erschlichen. Und worauf gründet sich, wenn wir näher zusehen, die Theorie von der Bewegung? Auf nichts anderes als ein neues metaphysisches Prinzip, das die durchweg ablehnende Haltung unseres Philosophen gegenüber dem Unendlichen erklärlich macht. Es ist dies nämlich — und wir kommen damit zum dritten Grunde, — der Zweckbegriff [5]), welcher als das Begrenzende, das Maßbestimmende von größtem Einfluß auf die Lehre des A. überhaupt geworden ist. Und dieser macht sich nicht am wenigsten auch bei unserer Lehre vom Unendlichen geltend. Diese Uebertragung des Zweckbegriffes auf die Natur läßt den A. von einem natürlichen Ziel aller Bewegung reden, macht ihm die Unterscheidung zwischen naturgemäßer und natur=widriger Bewegung möglich. Wenn daher jede Bewegung ihr natür=liches Ziel, ihr Ende hat, kann von unendlicher geradliniger Bewegung selbstverständlich keine Rede mehr sein. Unendlichkeit und Zweck schließen sich schon ihrem Begriffe nach völlig aus. Dem Zwecke aber Unendlichkeit beilegen zu wollen, dieses Unterfangen mußte A., wenn sonst aus keinem Grund, schon um der bedenklichen Folgerungen willen als unstatthaft bezeichnen [6]). Die Natur ist personifizierte Zweck=

---

[1]) Man vgl. S. 73, Anm. 1.
[2]) Geschichte des Materialismus I, 67.
[3]) cf. S. 73.
[4]) a. a. O. S. 32: „So wird z. B. bei der Untersuchung über den Raum das Endresultat durch die Voraussetzungen schon präjudiziert.
[5]) cf. Eucken a. a. O. S. 110 ff.: der Zweck als Grenze, Maß und Bestimmendes u. bes. Anm. 3.
[6]) Met. a 994, b 9—16.

mäßigkeit, sie schafft nichts Unvollkommenes [1]), das Unendliche aber ist unvollkommen; in ihr ist alles [2]) geordnet und verhältnismäßig, beim Unendlichen aber hört jedes Verhältnis auf. Die Natur, welche immer dem Ziele zustrebt, flieht das Unendliche [3]). Das Unendliche ist zuwider und unerkennbar [4]). Und nun wollen wir verlangen, daß die Natur einen unendlichen Körper hervorbringe? Würden wir nicht, wenn wir unserm Denken folgend einen unendlichen Raum und eine unendliche Masse, kurz ein räumlich unbegrenztes Weltall annähmen, damit das Weltall, den Inbegriff aller Zweckmäßigkeit, eben dieser entkleiden?

Es ist also nicht zu hart, was Lange, der sonst dem A. nicht gerecht wird, tadelnd demselben vorwarf. Es sind in der That allgemeine Prinzipien, auf Grund deren A. die Begrenztheit der Welt aufstellt, und auf solche sind auch zumeist seine physikalischen Erörterungen gebaut.

Zu den bisherigen Gründen für die geradezu feindliche Stellung des A. zum Unendlichen könnten wir noch einen vierten fügen, der weniger im Philosophen, als im Menschen, im Griechen, gelegen ist. Das Streben nach Vollendung und nach plastischer Herausbildung, das charakterisiert ja die Hellenen vor allen und zieht sich bis in die Philosophie hinein. Echt griechisch ist es darum nach Zellers [5]) treffender Bemerkung, wenn A. die Begriffe ganz und unendlich als sich widersprechend bezeichnet. Ferner dürfen wir den Umstand nicht unterschätzen, daß es den Griechen eigentümlich war, im sprachlichen Ausdruck eine Stütze ihrer Ansichten zu suchen. Und so mußten auch die Worte für Welt die Vorstellung derselben als einer begrenzten begünstigen. Kosmos nannten sie die Welt, die Ordnung. Wie könnte dabei das Unendliche bestehen? Und wenn sie vom Weltall sprachen, so schloß schon der Begriff All den der Unendlichkeit aus. Daher können wir in der Lehre vom Unendlichen einen neuen Beleg dafür sehen, daß es wahr ist, was Prantl bei verschiedenen andern

---

[1]) Polit. 1256 b 20: εἰ οὖν ἡ φύσις μηθὲν μήτε ἀτελὲς ποιεῖ μήτε μάτην ebenso de anima 432b 21.

[2]) Phys. 252 a 11—14: οὐδὲν ἄτακτον τῶν φύσει καὶ κατὰ φύσιν· ἡ γὰρ φύσις αἰτία πᾶσι τάξεως. τὸ δ' ἄπειρον πρὸς τὸ ἄπειρον οὐδένα λόγον ἔχει· τάξις δὲ πᾶσα λόγος.

[3]) de generat. anim. 715b 14—16: ἡ δὲ φύσις φεύγει τὸ ἄπειρον· τὸ μὲν γὰρ ἄπειρον ἀτελές, ἡ δὲ φύσις ἀεὶ ζητεῖ τέλος. cf. de anima 416a 16—17; Phys. 259a 10—11: ἐν γὰρ τοῖς φύσει δεῖ τὸ πεπερασμένον καὶ βέλτιον, ἂν ἐνδέχηται, ὑπάρχειν μᾶλλον. Denselben Gedanken, daß in der Natur das Begrenzte immer vorhanden, bringt ein sehr gezwungenes Wortspiel in der sicher nicht Aristotelischen Schrift de mundo 401b 10—11 zum Ausdruck: Die ἀνάγκη heißt πεπρωμένη διὰ τὸ πεπερατῶσθαι πάντα καὶ μηδὲν ἐν τοῖς οὖσιν ἄπειρον εἶναι.

[4]) Rhetor. 1408b 28   ἀηδὲς γὰρ καὶ ἄγνωστον τὸ ἄπειρον.

[5]) II, 2. Abtlg. S. 395.

Gelegenheiten mit der ihm eigenen treffenden Kürze so ausdrückt: „A. war eben doch ein Grieche“.[1]

Bei dieser Abneigung gegen Alles, was unendlich ist, wird uns die Vorliebe des A. für das Endliche[2], Begrenzte nicht auffällig erscheinen, eine Vorliebe, welche sogar so weit geht, daß selbst dann, wenn das Resultat bei endlich und unendlich Vielem dasselbe ist, es etwa nicht für gleichgiltig erklärt, welcher Ansicht man sich zuwenden wolle, sondern das Endliche als das Bessere vorzuziehen empfohlen wird.

Was die zeitliche Unendlichkeit der Welt betrifft, so haben wir das Zurücktreten der physikalischen Erwägung schon zu rügen Gelegenheit gefunden. Bloß spekulative Gründe führten den A. zur Ewigkeit der Welt. So ist es wiederum namentlich neben der sinnlichen Wahrnehmung, welche zeigt, daß seit unvordenklichen Zeiten das Himmelsgebäude sich nicht im mindesten verändert habe[3], der Gedanke, daß es ganz zweckwidrig wäre, wenn Gott die Welt unendliche Zeit nicht erschaffen hätte, und ebenso zweckwidrig, wenn er sie zerstörte. Daß übrigens die Lehre von der Ewigkeit der Welt, der Unendlichkeit des Menschengeschlechtes im engsten Zusammenhang mit der Lehre von der Ewigkeit des Stoffes, der Bewegung und des ersten Bewegers steht, somit dem System des A. ohne Widerspruch eingereiht ist, braucht nicht besonders bemerkt zu werden.

Wenn wir abgesehen von den Gründen, aus welchen A. zu dieser Lösung des kosmologischen Problems kam, uns kurz vorführen wollen, was denn die heutige Wissenschaft dazu sagen würde, so fällt uns ja nicht ein, indem wir die Fortschritte der Wissenschaft nach einem Zeitraum von etwa 2000 Jahren außer acht lassen, dem A. daraus einen Vorwurf zu machen, daß sein Versuch nach den Resultaten neuerer Forschung nicht zulässig erscheine, wie Wundt a. a. O. zeigt. Derselbe Gelehrte bemerkt nämlich[4], daß es unserer Vorstellung widerstrebe, eine Grenze zu denken, wo die Welt aufhöre. Man könne freilich bezweifeln, ob dieses Widerstreben hinreichend ge-

---

[1] Überhaupt setzt A. etwa nicht eine Force darein, dem Herkömmlichen entgegenzutreten, es ist ihm vielmehr immer angenehm, sich mit der allgemeinen Anschauung in Übereinstimmung zu wissen. cf. Eucken a. a. O. S. 13.

[2] Phys. 259a 8—10: ἓν δὲ μᾶλλον ἢ πολλὰ καὶ πεπερασμένα ἢ ἄπειρα δεῖ νομίζειν. τῶν αὐτῶν γὰρ συμβαινόντων ἀεὶ τὰ πεπερασμένα μᾶλλον ληπτέον. ἐν γὰρ τοῖς φύσει δεῖ τὸ πεπερασμένον καὶ βέλτιον, ἂν ἐνδέχηται, ὑπάρχειν μᾶλλον. Ganz treffend sucht Eucken diese Vorliebe fürs Endliche aus einer gewissen Verbindung mit der mathematischen Richtung der Forschung zu erklären, wofür der Umstand spreche, daß die Pythagoreer das Gute als das Begrenzte und das Böse als das Unbegrenzte faßten, (Eucken a. a. O. S. 61, Anm. 1). Dazu fügen wir de coelo 302b 26—30: φανερὸν ὅτι πολλῷ βέλτιον πεπερασμένας ποιεῖν τὰς ἀρχὰς καὶ ταύτας ὡς ἐλαχίστας πάντων γε τῶν αὐτῶν μελλόντων δείκνυσθαι, καθάπερ ἀξιοῦσι καὶ οἱ ἐν τοῖς μαθήμασιν· ἀεὶ γὰρ τὰς πεπερασμένας λαμβάνουσιν ἀρχὰς ἢ τῷ εἴδει ἢ τῷ ποσῷ.

[3] de coelo 270b 13—16.

[4] ibid. S. 105.

rechtfertigt sei. Denn wenn wir zugestehen, daß zunächst die Erfahrung uns über die Natur der den Raum erfüllenden Materie Aufschluß geben müsse, so werden wir auch vom Standpunkte der empirischen Naturwissenschaft aus die Annahme, daß die Materie eine räumliche Grenze besitze, nicht ohne weiteres als unmöglich verwerfen dürfen, sofern nur einer solchen Annahme keine physikalischen Schwierigkeiten im Wege stehen sollten. Da sich aber solche ergeben, sobald man eine unendliche Zeitdauer des Universums setzt, so muß man entweder, wenn man ein begrenztes Universum aufrecht erhalten will, eine endliche Begrenzung der Zeit mit Kant und Laplace annehmen, oder sich zu der einzig widerspruchsfreien Lösung des kosmologischen Problems, die Welt sei zeitlich und räumlich unendlich, ihre Masse aber endlich, bekennen, einer Lösung, welche dem gegenwärtigen Stande physikali=
scher Weltbetrachtung entspricht. Denn die Welt mit Kant und Laplace zeitlich zu begrenzen, setzt sich mit unserm Bedürfnis nach einer unbegrenzten Kausalreihe in Widerstreit.

Es ist also auch hier wiederum in erster Linie das Denken, dem wir Gewalt anthun müssen, wenn es sich eine räumliche und zeitliche Grenze der Welt vorstellen soll. Dann aber ist es, und das nicht zum Mindesten, die Scheu vor einem transcendenten Schöpfungsakt, welche die Endlichkeitstheorie als unphilosophisch erscheinen lassen möchte. Man spricht es entweder ganz unverhohlen aus und zeigt dabei doch Konsequenz, daß bei zeitlicher Unendlichkeit der Welt jeder Schöpfungsakt undenkbar sei, oder man macht sich einer Inkonsequenz schuldig, wenn man die zeitliche Unendlichkeit lehrt und dabei doch einen Schöpfungsakt nicht ausschließen will, eine Inkonsequenz, die wir an dem sonst sehr durchsichtigen und besonnenen Aufsatze Wundts tadeln müssen. Stellen wir die betreffenden Äußerungen dieses Gelehrten zusammen, so wird jedem unbefangenen Leser ein gewisses Schwanken auffallen. „Welt=
anfang und Weltende fordern einen Schöpfungsakt und Welterneuerung, was jenseit der kausalen Naturbetrachtung gelegen ist". — „Da der letzte Grund der Welt für uns notwendig unerkennbar ist, so kann es sich nicht darum handeln, das Transcendente überhaupt zu negie=
ren". „Nicht als ob der transcendente Begriff der Schöpfung jemals eliminiert werden könnte. Das Rätsel bleibt, daß die Welt überhaupt existiert. Vor der Thatsache, daß es ein Unerkennbares gibt, bleibt schließlich auch die Philosophie stehen."

Doch fragen wir, ob es denn wirklich so naiv, so unphilosophisch ist, an der Begrenztheit der Welt in allen drei Beziehungen festzu=
halten. Steht unserer sinnlichen Wahrnehmung nicht wissenschaftliche Begründung zur Seite, z. B. in der Astronomie, wenn auch aller=
dings schon manche Astronomen mehr der Unendlichkeit zuneigen, und hauptsächlich in der neuern mechanischen Wärmetheorie? (cf. Wundt a. a. O.) Doch wenn wir uns der Begrenztheit der Welt nach Raum und Zeit und Masse zuwenden, so wird uns zuerst der Vorwurf des Liebäugelns mit theologischen Vorstellungen von Welt in Verruf bringen, und dann wird man uns noch der gröbsten Inkonsequenz

beschuldigen und sich wundern, wie man den Satz des A., es sei un=
gereimt, sich aufs Denken zu berufen, verurteilen und im Grunde doch
zu ihm zurückkehren könne. In diesem Falle dürfte uns eine Recht=
fertigung nicht schwer fallen. Wir verurteilen den Satz des A., weil
er seine sinnliche Wahrnehmung, welche alles Erkennen vermittelt,
nicht sicher gestellt hatte vor Irrtümern aller Art. Wir sprechen
diesen Satz mit veränderten Voraussetzungen aus, wie schon bemerkt,
und haben das Recht, allem die Thatsachen verachtenden apriorisieren=
den Denken nicht allzuviel Bedeutung beizulegen, sobald es sich um
rein physikalische Fragen handelt, und eine solche ist doch die nach
der Begrenzung der Welt.

Im Uebrigen können wir eine gewisse Resignation nicht ver=
bergen, welche sich unser bemächtigt, wenn wir die verschiedenen weit
von einander abliegenden Meinungen über das kosmologische Problem
durchmustern und die Schwierigkeit, sich für die eine oder die andere
zu entscheiden, gewahr werden.

Druck von Ph. J. Pfeiffer in Augsburg.